Wat er niet meer is

Susan Smit

Wat er niet meer is

Lebowski, Amsterdam 2008

0 5. 05. 2008

Tweede druk, januari 2008
Eerste druk, november 2007

© Susan Smit, 2007
© Lebowski, Amsterdam 2007
Omslagontwerp: René Abbühl, Amsterdam
Binnenwerk: Michiel Niesen, Amsterdam
Foto omslag: Edward Steichen/Getty Images
Foto achterzijde: © Nico Kroon

ISBN 978 90 488 0046 9
NUR 301

www.susansmit.nl
www.lebowskipublishers.nl

Lebowski is een imprint van Dutch Media Uitgevers bv

'Het is alles goed zolang men maar gezond is;
want het geluk bestaat – alleen in de verbeelding.'

Mozart in een brief aan zijn vader, 1777

Voor D.

PROLOOG

Gewichtloosheid is een wonderlijke sensatie. Mijn lichaam is verdwenen, maar ik ben er nog. Ik kan denken zonder hersenen, voelen zonder hart, zien zonder ogen. In het begin begreep ik er niets van. Ik voelde me nog precies hetzelfde. Mijn voorkeuren waren niet veranderd, mijn gevoel voor humor ook niet. O, nam jij aan dat er alleen op aarde humor bestond? Ik dacht het niet.

Te worden aanbeden door een man die jij aanbidt, dat is niet niets. Geen enkele vrouw zou daar onbewogen door blijven. Er was een moment waarop ik voor hem had kunnen kiezen, maar ik heb de afslag niet genomen. Het was zo'n moment waarvan je weet dat het allesbepalend is. We zaten op bed, hij pakte mijn hand en streelde mijn vingers. Ik voelde me zacht worden, oplossen. Ik voelde een overweldigend verlangen om me in zijn armen te storten, maar iets riep me terug. Misschien lag het aan mijn opvoeding, mijn religie of mijn rigide overtuigingen. Zoiets doe je niet. Het zou een zonde zijn.

Inmiddels weet ik dat deze zaken hier niet als zonden worden beschouwd, maar als fouten. De mens heeft een vrije keuze en maakt fouten. In je leven krijg je steeds de mogelijkheid om die fouten te herstellen, het goede te doen, te leren op pijnlijke en minder pijnlijke wijze. Dat is geen straf, dat is redding. Mensen oordelen te hard, over anderen, maar vooral over zichzelf.

Niemand is verdoemd.

Misschien had ik iets minder streng voor mezelf moeten

9

zijn, toe moeten geven aan wat er in mijn hart speelde. Misschien was dat niet eens een fout geweest, maar een zwakheid. Het leven is zo kort. Daarom ben ik teruggekomen; om alsnog zwak te zijn. Dat had je zeker niet verwacht van een dode? Dat ze niet heiliger en verhevener is geworden maar stoutmoediger?

Mensen denken dat de levenden iets te leren hebben van de doden, dat wij ineens begiftigd zijn met de meest fantastische wijsheden. Sommigen van ons komen tot inkeer en inzicht, zeker. Maar veel vaker is het andersom: de doden hebben iets te leren van de levenden. We observeren, leven mee. En soms bemoeien we ons met dingen. Het leven is te belangrijk om alleen aan de levenden over te laten.

Thomas denkt dat we onze liefde op een ander richten, dat we een keuze hebben op wie we onze tedere gevoelens projecteren. Ik zal je iets verklappen. Wij richten niet, wij trekken aan. Wij beslissen, bewust en veel vaker onbewust, wat wij willen ervaren in de liefde. Dáár ligt de keuze. Als het zich vervolgens aandient, is er geen houden meer aan. We zijn verloren.

Hij heeft mij aangetrokken en ik hem. Waarom? Om allerlei redenen waar hij nu nog geen zicht op heeft en ik, vanaf hier, maar een klein beetje. Eén ding is zeker: er is niets willekeurigs aan de liefde.

Nu geef ik hem terug aan het leven.

DEEL I

I

Nee, laat de gordijnen nog maar even dicht, het schemerdonker bevalt me wel. Ik verdraag het daglicht bijzonder slecht tegenwoordig, zelfs voor mijn doen. Misschien lijd ik wel aan een soort omgekeerde nyctofobie; geen angst voor de nacht en het duister, maar vrees voor de dag. Ik zorg er in ieder geval voor dat ik het grootste deel ervan lig te slapen.

De dag wordt overgewaardeerd, vind ik. Net als zonlicht. Ik heb nooit begrepen waarom mensen het 'zonde' vinden om binnen te blijven als de zon schijnt. Die bespottelijke drang om licht te vangen, stukken vlees eraan bloot te stellen, die opgestroopte mouwen, dat zweet dat zich ophoopt in knieholten en oksels – ik gruwel ervan. Typisch Hollandse gewoonte, trouwens. Normale mensen, zoals Grieken en Italianen, zoeken tijdens de heetste uren van de dag de koelte binnen de muren van hun huis op.

Je vindt het toch niet erg om vandaag te luisteren in plaats van te neuken? Maak je geen zorgen, ik betaal je hetzelfde bedrag. Ik zal vast niet de enige man zijn die hier achter de ramen niet zijn zaad, maar zijn verhaal kwijt wil. Of allebei. Eerst neuken, dan praten, zodat je niet meer wordt afgeleid door diepe decolletés en dijen onder korte rokjes.

Ik weet niet waarom ik jou zo makkelijk mijn diepste gedachten vertel. Misschien denk ik dat een hoer niet oordeelt. Of vind ik dat ze geen recht heeft om te oordelen en heeft haar mening weinig gewicht voor mij. Of dat betekent dat ik op je neerkijk? Mogelijk. Laat ik zeggen dat ik van een vrouw die me zonder vragen te stellen, toelaat in haar lichaam niet al te veel kritiek verwacht op mijn ontboezemingen.

Waarschijnlijk heeft het ook te maken met het feit dat iets in jou me doet denken aan haar. Ik ben er nog niet uit wat dat precies is. Het zit in de manier waarop je uit je ogen kijkt, alsof dat wat je ziet niet helemaal bij je binnenkomt, je draait ervan weg, vermengt de beelden met je gedachtewereld en maakt er je eigen acceptabele versie van. Jij doet dat uit zelfbescherming, veronderstel ik. Er zal niet veel fraais en verhevens plaatsvinden in deze peeskamer.

Bij haar kwam het voort uit iets anders. Een hang naar schoonheid. Deze werd voor naïviteit versleten, maar het was het welbewust verfraaien van de werkelijkheid als deze niet strookte met haar binnenwereld én het terzijde schuiven van alles wat niet van haar gading was. Ook zelfbescherming, dus. Bij nader inzien.

Natuurlijk is de oorzaak van mijn ellende een vrouw. Wat zou het anders moeten zijn? En natuurlijk hebben we het hier over niet zomaar een vrouw, dat zal je ook niet verbazen. Zij raakte me toen ik niet meer verwachtte geraakt te worden. Bijna ongemerkt nestelde ze zich in mijn innerlijk, eerst bescheiden, gaandeweg steeds steviger en prominenter, tot ik aan niets anders meer kon denken dan aan haar.

Ze was geen klassieke schoonheid. De eerste keer dat ik haar zag, op de première van een opera, vond ik haar zelfs wat gewoontjes, met die bleke teint en dat bruine haar dat in springerige plukken op haar schouders viel. Er waren veel mooiere vrouwen aanwezig, gehuld in jurken die omhooggewerkte boezems toonden, maar toch dwaalde mijn oog steeds af naar die vrouw in haar eenvoudige, rechte japon. Vanaf de andere kant van de ruimte zag ik haar in lachen uitbarsten en ik wilde weten wat haar gesprekspartner had gezegd dat ze zo grappig vond. Ze wekte nog geen begeerte, maar wel nieuwsgierigheid in me op.

Later zou ik haar de mooiste vrouw vinden die ik ooit had gekend. Merkwaardig is dat toch. De egale trekken van een vrouw wiens binnenwereld je onberoerd laat, worden steeds valer tot ze hun glans helemaal verliezen, terwijl een vrouw met een doorsnee uiterlijk steeds mooier wordt als ze je weet te boeien met haar gedachten. Haar trekken worden verzacht door iets wat dieper ligt dan de huid, ze krijgen diepgang en betekenis door wat erdoorheen schijnt. Schoon in elk oog is wat het bemint, neem ik aan.

Ik heb een pesthekel aan dat soort feestjes. Ik schrijf libretti op composities, daarna stuur ik ze naar het operagezelschap en wil ik er niets meer mee te maken hebben. Ik ga niet, nooit, naar try-outs, repetities, voorstellingen. Ik vertoon me plichtsgetrouw op de première en verder reikt mijn compromis niet. Regisseurs weten dat van me en respecteren het. Soms verdenk ik hen er zelfs van dat ze me om die reden inhuren. Weer een schakel in het geheel minder die zich met hun artistieke keuzes bemoeit.

Premières zijn genante vertoningen, waar ik me eerst zit op te winden over details in de uitvoering die ik me anders had voorgesteld, en daarna over de idioterie die met dergelijke gelegenheden gepaard gaat. Er lopen mensen rond van wie ik niet weet wat ze er te zoeken hebben, gehuld in potsierlijke outfits, links en rechts complimentjes uitdelend. Inhoudelijk zijn die opmerkingen vlak, clichématig, maar ze worden met een geestdrift geuit alsof ze Nietzsche citeren. Blijkbaar denken mensen dat het debiteren van gemeenplaatsen niet opvalt als je dat op geëxalteerde wijze doet. De zangers en muzikanten nemen die complimenten niet minder enthousiast in ontvangst, trouwens. Zo gaat dat in die wereld. Literatoren en beeldend kunstenaars willen onderling nog wel eens pittige kritiek uitwisselen, maar bij podiumdieren is dat ondenkbaar. Misschien moet je een iets te positief zelfbeeld hebben om avond aan avond het publiek aan te kunnen, dat direct na de voorstelling haar waardering of het gebrek daaraan laat blijken.

Voor mij is de mening van het publiek, dat wat toneelspelers het veelkoppige monster noemen, niet belangrijk. De mening van recensenten nog minder. Zodra mijn teksten mijn werkkamer uit zijn, zijn ze niet langer van mij. Ze zijn gemeengoed geworden waarmee naar willekeur gerommeld wordt – omdat een zanger er niet mee uit de voeten kan, een decorwisseling het in de war stuurt of de componist zijn muziek toch nog omgooit. Dus waarom zou ik mij kritiek persoonlijk aantrekken?

Toen ik die avond een whisky aan de bar wilde bestellen, stond ze ineens naast me. Van dichtbij zag ik de fijne lijntjes bij haar ogen. De lippen die van veraf bleek hadden geleken, waren nu vol en rozig. Ze glimlachte naar me, omdat ik nu eenmaal naast haar stond en omdat wachten op de attenties van een barkeeper iets knulligs heeft. Ik vroeg haar wat ze wilde drinken, het was niet meer dan hoffelijk om dat te doen, en dankbaar gaf ze haar bestelling aan me door. Nu het van mijn doortastendheid afhing wanneer de barkeeper onze drankjes inschonk, werd het een cruciale kwestie: als mijn wenken te bescheiden waren zou ik in haar ogen een sukkel zijn, als ik me te drammerig gedroeg een aanmatigende klootzak. Opgelucht zag ik dat de barkeeper mijn kant op kwam.

Ik weet niet meer precies wat ze tegen me zei – iets over de voorstelling, neem ik aan. Voordat ik het wist, stonden we over operamuziek te praten. Verdi, Berlioz en Bizet kwamen langs, ze repte over harmonische wendingen, gedurfde fraseringen en melodische lijnen. Ze wekte niet de indruk haar kennis te willen etaleren, maar haar relaas verried wel kennis van zaken. En een voorliefde voor grootse, theatrale stukken – op het kitscherige af. *Le grand opéra* met honderdkoppige koren, monsterballetten en dramatische liefdesconflicten. Met dergelijke voorkeuren moest er onder dat smaakvolle, ingetogen uiterlijk wel een hartstochtelijke natuur schuilgaan.

Terwijl ze praatte, vroeg ik me af of ze joods was. Niet alleen haar gelaatstrekken, maar ook haar lichaamstaal kwamen me onmiskenbaar joods voor. Er zat iets van argwaan, van terughoudendheid in haar houding, alsof ze zich afschermde tegen de kille, onverschillige wereld en haar beschaving gebruikte om er toch mondjesmaat mee in contact te treden. Kunst diende voor haar als troost, dat had ik onmiddellijk door. Ja zeg, dat herken ik zelf maar al te goed: kunst gebruiken om je te verzoenen met het leven, om recht te zetten wat het leven heeft verkracht. Om te genezen. Vrijuit haar ideeën over muziek met mij delen was zo bezien een intieme daad. Haar manier om een verbinding te maken.

Over haar lichaam viel weinig te zeggen. Haar borsten leken in orde, maar helaas begon haar jurk op het punt waar je er werkelijk iets van kunt zeggen. Haar armen en schouders waren tenger, op het knokige af. Haar huid was bleek, maar zuiver. Alles leek in proportie. Zou ze doorhebben dat ik haar lichaam aan het beoordelen was? Het is de macht der gewoonte. Mannen lopen die dingen na alsof het agendapunten zijn, terwijl ze onderwijl de indruk wekken aandachtig naar een vrouw te luisteren. We kunnen niet anders.

Ik vroeg haar wat ze van de voorstelling vond.

'Ik heb me goed vermaakt,' zei ze.

Ik knikte.

'Al werd ik na verloop van tijd kriebelig van die elegante nootjes, dat blijmoedige majeur gedartel. Van mij mag het allemaal wel wat robuuster.'

Zo. Geen gratuite borrelpraat bij deze dame.

Ik nam me voor niet te zeggen dat ik de librettist was die de teksten had verzonnen op 'dat blijmoedige gedartel'. Stiekem was ik het met haar eens. Ook ik had de heftigheid in deze productie gemist, ook ik had gloeiend de pest aan dat gepriegel, maar moest het doen met de lichtvoetige noten die mij waren toebedeeld. Het was een moeizame, langdurige klus geweest om passende woorden te vinden. Ik had niet bepaald kramp in mijn hand gekregen van het bijhouden van al mijn invallen, zullen we maar zeggen.

Toen ze zich na een paar minuten van me losmaakte en terugkeerde naar haar gezelschap, besefte ik dat ik niets had gevraagd waardoor ik haar later zou kunnen opsporen. Ik wist niets van haar; geen naam, geen beroep, geen reden waarom ze hier vanavond was. Bovendien had ik haar nooit eerder gezien in de stad, dus de kans dat ik haar ooit nog tegenkwam was klein. Ik overwoog haar achterna te lopen, maar toen ik zag dat ze zich meteen weer in een gesprek met haar vrienden mengde, liet ik het maar zo.

Een gemiste kans, één in een lange reeks.

Later heb ik die eerste ontmoeting eindeloos in herinnering gebracht: de geïnteresseerde blik, niet in het minst verlegen, waarmee ze me aankeek, de hoofdknikjes waarmee ze liet blijken dat wat ik zei haar beviel, de manier waarop ze zich uiteindelijk, bijna spijtig, omkeerde en wegliep.

Verliefde stelletjes spelen eindeloos vaak het 'weet je nog'-spelletje. Weet je nog hoe je naar me lachte? Weet je nog hoe ik je plaagde met je veel te dikke jas? Het is een poging om die eerste vluchtige ontmoeting het gewicht te geven dat het, in retrospectief, verdient, en om het mysterie van de aantrekkingskracht tussen juist hem en juist haar op te lossen. Ook al gebeurde er niet zoveel opzienbarends, later besluiten we dat alles van onschatbaar belang was voor de vorming van die prille liefde.

Zij en ik hebben dat spelletje nooit gespeeld, omdat we tijdens de schamele ogenblikken dat we samen waren nieuwe herinneringen wilden aanmaken in plaats van tijd te verliezen met het beschouwen van de oude. Dat deed ik wel als ik weer alleen was, met de illusie dat zij dezelfde dingen herbeleefde, misschien wel op hetzelfde moment.

Dat is een illusie, inderdaad. Niets is zo ontluisterend als wanneer de geliefde iets niet meer blijkt te weten wat jij tientallen malen in herinnering hebt geroepen. Je voelt je verraden. Gekwetst. Je neemt het haar kwalijk, ook al weet je dat zij op haar beurt dingen in haar geest bewaart die jij bent vergeten of die je niet eens zijn opgevallen.

Helaas. Ook al lijkt het in de geest van verliefden alsof je samen één leven leeft, we herinneren ons allemaal andere dingen en stellen ons de toekomst anders voor.

2

We hebben iets gemeen, jij en ik. De hoer plaatst zich buiten de maatschappij, de kunstenaar ook. Met opgeheven hoofd. Het is een zelfverkozen isolatie, geen verstoting. Zonder die afzondering kan ik onmogelijk een letter op papier krijgen. Zonder die afzondering zou jij geen klant meer in je peeskamer ontvangen. Alleen hier, in deze armoedige buurt waar iedereen schichtig voor elkaar opzij schiet, durven mannen hun meest ranzige fantasieën uit te leven. Alleen hier, in dit donkere hol, durf ik je dit allemaal te vertellen.

Het is aan de kunst om de droom en de nachtmerrie te verbeelden, het alternatief te tonen van het heersende beeld. Dat andere verhaal te vertellen als tegenwicht voor dat ene verhaal, steeds maar dat ene verhaal, dat ons aan alle kanten wordt opgedrongen. Of een uitvergroting van dat ene verhaal te maken om de absurditeit ervan te tonen. Kunst is berekenend, kent een zekere mate van effectbejag. Het moet iets willen losmaken bij de toeschouwer, willen troosten, confronteren, ontwrichten zelfs. Anders is het zelfbevrediging.

Wat niet wil zeggen dat je als kunstenaar de bediende van het publiek bent, natuurlijk. Schouwburgdirecteuren, managers en al die andere hufterige goudzoekers zouden dat maar wat prachtig vinden. Nee. Behaagzucht gaat niet samen met waarachtigheid. En alleen het ware, of het zoeken naar het ware, maakt kunst de moeite waard. Al het andere is, hoe zal ik het zeggen, leugenachtig, inwisselbaar snoepgoed voor de massa.

En maak niet de fout te denken dat opera alleen voor vrouwen en nichten is. Ik ken de vooroordelen. Als mensen mij willen beledigen, noemen ze mij smalend een 'operetteschrijvertje'. De onnozelheid. Opera is allesbehalve lichtvoetig vermaak. Opera is robuust en donker. Dood, angst, geweld, waanzin, radeloosheid, verraad, jaloezie, lust; alles zit erin. Op een wat groteske manier, natuurlijk. Maar het voorziet in de behoefte aan bombast en drama na al die ingehouden beleefdheid waarvan we ons dagelijks bedienen. Het maakt korte metten met beschaafde emoties. Wie de hele dag dingen van de ene en van de andere kant bekijkt en zich omringt met enerzijds-anderzijds-mensen, wil 's avonds theater. Het grote gebaar. Zo denk ik erover.

Ben je mijn geklets nog niet beu? Als je moe wordt, ga je maar tegen me aan liggen, met je ogen dicht. Maar doe me een lol en probeer in ieder geval te doen alsof je naar me luistert. Ik vraag geen medelijden of goede raad. Zelfs geen troost. Ik wil alleen maar dat je luistert.

Of ik van haar hield, vraag je? Ik heb haar nooit met zoveel woorden gezegd dat ik van haar hield. Niet eens dat ik haar leuk vond.

Sommige mensen zeggen die vier woorden zo makkelijk. Als er een bepaalde mate van intimiteit is bereikt, als men weet hoe men elkaar genot kan schenken, er zwakheden zijn getoond en ontdekt, er trouw

is beloofd, wordt het de hoogste tijd voor een liefdes-
betuiging.

Van iemand houden, wat is dat? Weet iemand daar
een antwoord op? We gokken maar wat, modderen
aan. We weten het niet. Totdat we het wel weten. Alle
eerdere gevoelens die we voor liefde hadden versleten,
verbleken als het zich eindelijk aandient. 'Een grote
liefde' noemen mensen dat dan maar – daarmee alles
wat eraan voorafging degraderend tot kleine liefdes.

Het is mij nooit gelukt om tegen een geliefde de
woorden 'Ik houd van je' uit te spreken. 'Ik ben dol op
je', 'je maakt me gelukkig', dat ging nog net. God-
zijdank ben ik kunstenaar, dus de dames in kwestie
nemen het me doorgaans niet kwalijk. Ik word gezien
als een zonderlinge figuur met een rijk, getroubleerd
gevoelsleven, die zich moeilijk kan uiten. Mijn minna-
ressen maken zichzelf wijs dat ze niet hoeven te horen
hoeveel ik van ze houd, omdat ze het voelen. Daar
nemen ze genoegen mee. Helaas lukt het mij, na haar,
niet langer om er genoegen mee te nemen.

Geef mij eens een glas van die whisky die je in dat
kastje hebt staan. Ik wéét dat het zo is. Kom op, ik
betaal je ervoor. Ja, ik begrijp dat je geen drankver-
gunning hebt. Godallemachtig, moet je voor alles wat
je doet een papiertje hebben? Ik zie hier ook geen
neukvergunning hangen.

Kijk eens, dat is een uitstekende whisky die je daar
hebt. Proost.

Waar was ik gebleven? O ja, de grote liefde. Een
populair thema in de opera. Wat zeg ik? Het is het
kloppende hart van elke opera. Daar wordt nogal eens

geringschattend over gedaan. Het zou romantisch gezwets zijn, gedweep, dat geen plaats mag hebben in kunst van formaat. Toch is er niets wat belangrijker is. Niets. De ernst waarmee de gepassioneerde liefde wordt nagestreefd en de diepte waarmee ze wordt beleefd, is volledig gegrond. Ga maar na: er wordt niets minder dan de samenstelling van de volgende generatie door bepaald.

Dat heb ik niet zelf verzonnen, hoor. Dat is van Schopenhauer. Hoewel de man verder ook een hoop onzin heeft verkocht, had hij hier een punt.

Verliefden voelen het verlangen om zich te verenigen, te versmelten tot één, en dat verlangen kan vervuld worden in een door hen verwekt kind. Het zou verklaren waarom twee mensen zich juist tot elkaar aangetrokken voelen: onbewust voelen ze aan dat ze een wezen kunnen verwekken die beider erfelijke eigenschappen wondermooi combineert. Uit twee mensen die een afkeer voor elkaar voelen, zal een slecht gevormd, ongelukkig wezen voortkomen. Mooie theorie, toch?

Wat ik vooral wil zeggen: op wie we verliefd worden, bepaalt uiteindelijk de ontwikkeling van de hele godvergeten mensheid. Dus het is al het geploeter, alle inspanningen en kwellingen meer dan waard. En alle kunst die eraan gewijd is.

Maar laten we niet al te veel theorieën ophangen over de aard van de liefde. Het beroerde is: als je de liefde verstandelijk benadert, ontglipt ze je.

Liefde richt zich tot de argelozen.

Eigenlijk was ik haar alweer vergeten, of laat ik zeggen dat ik haar naar de achtergrond van mijn geest had gedrongen in de vaste overtuiging dat ik haar nooit meer zou zien, toen ze opnieuw in mijn blikveld verscheen. Ze bleek repetitor van het operagezelschap te zijn waaraan ik me voor mijn volgende project had verbonden. Ze was pianiste. Hoe kon het ook anders? Met zo'n scherp oor, zo'n duidelijke muzikale voorkeur, moest ze wel musicus zijn, of zangeres. Haar vingers lagen op de toetsen, ze had een geconcentreerde blik in de ogen, zich onbewust van mijn onderzoekende blikken. Ongelooflijk aantrekkelijk.

Ik overhandigde de regisseur het libretto waar ik de hele week aan had gewerkt en bleef nog even dralen. Via een omweg kwam ik te weten hoe ze heette. Judith. En ze bleek inderdaad joods te zijn. En – o, heerlijkheid – ze zou de komende weken de muziek spelen waar de zangers mijn woorden op repeteerden.

Na die keer kwam ik vaker langs bij repetities.

In het begin maakte ik mezelf nog wijs dat het me ging om een goede vertolking, later kon ik ook tegenover mezelf niet meer ontkennen dat het Judith was die me keer op keer naar het repetitielokaal dreef. Dat het Mozarts opera *Così fan tutte* betrof, en ik belast was met het maken van een moderne Nederlandse vertaling van de tekst van misschien wel de beste librettist aller tijden, Lorenzo da Ponte, droeg ook bij aan mijn betrokkenheid.

Toen Judith mij op een middag in het oog kreeg, liep ze op die rustige, beheerste manier van haar op me af, met een glimlach die verried dat ze me herkende.

'Geen blijmoedige, dartele nootjes dit keer,' zei ze.

Het was een speelse verwijzing naar ons eerste

gesprek en een impliciete verklaring dat ze inmiddels wist wat mijn aandeel was geweest in die voorstelling. Ze zwakte haar kritiek niet af uit beleefdheid. Dat pleitte voor haar. En door het te benoemen, hing het niet langer tussen ons in. Het loste op, waardoor de weg vrij was voor een nieuw gesprek.

'Wel een heleboel beledigingen aan het adres van vrouwen,' zei ik, doelend op *Così fan tutte*, dat de onbetrouwbaarheid van vrouwen in de liefde wil aantonen. 'Heb je daar geen problemen mee?'

'Een belediging die zo fantasievol en elegant is geformuleerd, vind ik beter te verdragen dan een slecht gearticuleerd, platgeslagen compliment.'

Bij elk bezoek aan het repeterende gezelschap wilde ik me van mijn beste kant laten zien – een fijngevoeligheid aan de dag leggen, mijn neiging tot platvloersheid onderdrukken – om in haar achting stijgen, maar dat viel niet mee. Getergd luisterde ik naar de benepen zang. De dirigent had bepaald dat de zangers zonder vibrato moesten zingen, omdat hij de uitvoering 'zo authentiek mogelijk wilde houden'. Kennelijk was hij in de veronderstelling dat zangers in de tijd van Mozart geen enkel vibrato lieten horen. Onmogelijk. Aan het einde van een frase is er altijd een vibratootje – zo is de natuur van de stem.

De zangers hielden zich in, waardoor de zang gestileerd en beheerst klonk. Het was technisch perfect, maar klonk bedacht en cerebraal. Mozart moet open en speels worden gespeeld en gezongen, waarbij het zware zweeft en het lichte zwaar weegt. Het moet vloeien zoals water stroomt.

Het was te laat. Ik ging me ermee bemoeien.

Ik sprak me uit over het uitblijven van vibrato, waardoor elke twinkeling uit de muziek werd gehaald, ik hekelde slordigheden in tempo, articulatie en frasering. Het is lastig noteren of je wilt dat een zanger aan de buiten- of de binnenkant van de maatstreep moet blijven, hoe de dynamiek binnen de melodielijn moet zijn. Dit alles maakte ik de zangers dus maar persoonlijk duidelijk – in niet mis te verstane bewoordingen. Subtiliteit is geen kwaliteit van mij.

Judith leek me daarbij aan te moedigen. Terwijl ik sprak, kon ze heftig knikken en stralend lachen. Een enkele keer luisterde ze met toegeknepen ogen – kritisch, weifelend, maar dan toch geconcentreerd. Ze leek geboeid door wat ik te zeggen had. De gelukzaligheid!

Haar commentaar op mijn aanwijzingen liet nooit lang op zich wachten. Ze gaf me die nooit in gezelschap, maar als ze na de repetitie naar me toe kwam, sprak ze vrijmoedig zoals ik van haar gewend was.

Ik vond haar eigenwijs, intelligent, arrogant, scherpzinnig. Ik vond haar mooi. Ze had oog voor mij. Meer hoefde ik niet te weten.

Als Judith haar piano bespeelde, werd ze een andere vrouw. Ze was nog steeds beheerst en inventief, maar ook lucide, ambivalent, ongrijpbaar. Als ze speelde, leek het of het grofstoffelijke geen vat meer op haar had, alsof ze van licht gemaakt was. Luisteren naar haar muziek opende de grens naar een andere wereld, háár wereld. Die wereld voelde vertrouwd aan, ook al kende ik deze niet.

Zij begreep Mozart, dat was in ieder geval duidelijk. Ze voelde hem aan. De muziek van Mozart, moet je weten, zweeft ergens tussen hemel en aarde. Zij is lichtvoetig en puur, aards en bovenzinnelijk. Bij Mozart staat de hemelpoort op een kier. Er wordt wel gezegd: 'Als de engelen werken, spelen ze Bach, maar als ze rusten, spelen ze Mozart.'

Ik heb de muziek van Mozart vaak bloedeloos en te fragiel horen spelen, maar zij speelde haar krachtig, doorleefd en toch vrouwelijk, mysterieus en vol nevel. De overgave schemerde door haar geconcentreerde spel heen. Daarin las ik een belofte voor de wellust die onder haar beheerste façade broeide. Dat beslóót ik erin te lezen. Ik greep het kleinste gebaar aan, lette op de subtielste signalen om mijn vermoedens over haar karakter bevestigd te zien. De bewijzen van haar anders-zijn stapelden zich op.

Ja, ik was goed op weg om verliefd te worden. Dat overkomt me zelden. Het zijn de onnozele halzen van deze wereld die bij iedere mooie vrouw die ze zien, kermen dat ze zo verliefd zijn.

Hoe etherisch mijn liefde voor Judith ook was, ze wortelde in de geslachtsdrift. Na verloop van tijd gaf het geen voldoening meer om Judith te zien en met haar te spreken. Ik wilde haar bezitten. Ik dacht werkelijk, zoals mannen dat kunnen, dat ik gelukkig zou zijn als ik met haar had gevreeën. Al was het maar één enkele keer. Dat zou mijn onrust wegnemen, me bevrijden van de dwanggedachten die onophoudelijk mijn denken verstoorden en verwarden. Ik wilde billen, borsten, heupen. Het vlees moest de geest volgen.

Dan zou het vast gedaan zijn met het verlangen – en waarschijnlijk ook met die vermaledijde verliefdheid. Dan zou ik weer gewoon mijn leven kunnen hervatten.

De vriendinnetjes die ik er in die tijd op nahield, konden mijn lust naar haar niet bevredigen, ze voedden deze alleen maar. Zij waren borrelhapjes die mijn honger naar het grand diner vergrootten.

Om Judith voor me te winnen moest ik anders te werk gaan dan ik gewend was. Omzichtiger. Maar wel daadkrachtig. Ik moest snel stappen ondernemen, voordat ze mij als een vriendelijke collega zou gaan beschouwen. Het was me een raadsel waarom ik überhaupt zo lang had gewacht. Misschien was ik bang om de idylle die in mijn hoofd bestond te toetsen aan de werkelijkheid. Misschien had het iets te maken met het feit dat Judith slimmer was dan de vrouwen die ik gewoonlijk om mijn vinger wond. Intelligentie erotiseert, maar intimideert ook. Ze zou me zomaar in doeltreffende, welbespraakte bewoordingen op mijn plaats kunnen zetten.

Tot dan toe had ik vrouwen als gelegenheidsgezelschap beschouwd, ter vermaak en bevrediging. Kijk maar niet zo beledigd. Zo denken de meeste mannen, alleen zeggen ze het niet tegen vrouwen.

Origineel zijn mijn veroveringstactieken overigens allerminst. Wat ik doe, vraag je? Als ik een vrouw begeer, vang ik eerst haar blik. Dan stap ik op haar af, begin een luchtig praatje en vraag haar naar haar sterrenbeeld om het gesprek op een persoonlijker, dieper niveau te brengen. Niet zeggen, laat me raden! Als dat is gelukt, bedeel ik haar naar aanleiding van dat sterrenbeeld allerhande algemeen geldende eigenschappen toe – positieve, uiteraard. Dat werkt altijd.

Weet je, mensen hebben allemaal één favoriet gespreksonderwerp: zichzelf. Zolang het over henzelf gaat, zijn ze bereid de grootste gemeenplaatsen te slikken, verrukt over al die aandacht.

Ik nam mijn vrouwen op eerste afspraakjes altijd mee naar dezelfde plaatsen. Weet je wát me nou leuk lijkt? Wijn proeven. Naar de dierentuin. De matineevoorstelling zien. En dan maar hopen dat de dame achter de kassa, voor wie ik in de maanden daarvoor met minstens zes andere vrouwen had gestaan, me niet herkende.

Op mijn meest cynische momenten vergelijk ik vrouwen met opwindspeelgoed. Van die blikken figuurtjes met een sleutel op hun rug, weet je wel? Als ik hen aanraak en opwind, lopen ze schijnbaar op eigen kracht een stukje vooruit. Als mijn aandacht verslapt en ik niet langer aan de sleutel draai, staan ze prompt stil. Ze vallen weer in slaap.

Vrouwen bloeien op onder de aandacht van mannen, gaan zich anders gedragen. Een vrouw is nooit mooier dan wanneer haar net is verteld dat ze mooi is. Er komt een gloed over haar. Dat is de macht die wij mannen hebben en die de meesten van ons gretig uitoefenen. Door een vrouw eerst met aandacht te overstelpen, die aandacht vervolgens achter te houden en hem dan weer mondjesmaat te geven, kun je een vrouw heel lang aan je binden. Maar nu overdrijf ik. Ik bedoel dat je hiermee een bepaald type vrouw aan je kunt binden: het type vrouw dat alleen onder de liefdevolle aandacht van een man durft te stralen. Ze straalt omdat er op dat moment een volgspot op haar gericht staat.

Judith is een voorbeeld van een ander type vrouw: een vrouw die straalt van binnenuit, onafhankelijk van de omstandigheden. Ze straalt omdat een warm, zuiver licht in haar binnenste door haar huid naar buiten schijnt.

Verleiden is een vorm van liegen. Daar zijn we het over eens, toch? Het is weliswaar een schitterende leugen, maar desalniettemin een leugen. Een man zal alles zeggen wat nodig is om liefde, seks en waardering te krijgen van de vrouw die hij begeert. Hij zal zich elke houding aanmeten die nodig is om zich van haar aandacht te vergewissen. Ik hecht aan die leugen, ik ben erop gesteld. Alle beschaving, alle cultuur, is begonnen met een leugen. Het is bedoeld om de ander voor gezichtsverlies te behoeden, om schoonheid te creëren, om omgangsvormen te versoepelen. De wereld zou een negorij zijn als we die geraffineerde leugen niet in stand hielden.

Verleiden kun je niet alleen. Een leugen werkt alleen als de ander bereid is erin mee te gaan. Verleiding is een spel dat je samen speelt, reagerend op elkaar. Als een romantische paranoïcus zocht ik naar aanwijzingen voor haar verlangen naar mij, zodat ik nog meer toenadering kon zoeken. Steeds een stapje dichterbij. Ik was lustvol en schaamteloos. Ik raakte haar arm aan als we praatten. Zoende haar op de wang ter begroeting. Ik keek haar in de ogen, iets te lang. Ze keek nooit weg.

Haar signalen waren niet eenduidig. Ze trok aan en

stootte af. De ene dag meende ik iets flirterigs in haar toon te bespeuren, maar de volgende dag ging ze zo op in haar muziek dat het was alsof ze me niet zag. Er was maar één vraag die me die dagen bezighield: begeert ze mij ook?

Het vonnis kwam in een andere vorm dan ik me had voorgesteld.

Doe mij nog maar een glas. Ik moet drinken om het volgende te vertellen.

De repetities waren uitgelopen en het was al laat. Judith was bezig haar tas te pakken. Ik zou haar naar haar auto begeleiden, dat had ik me vast voorgenomen. Ik kon zo'n mooie vrouw 's nachts toch niet alleen over straat laten gaan, nietwaar? Eenmaal bij haar auto zou ik haar weer recht in de ogen kijken. Ze zou opnieuw niet wegkijken en dan zou ik haar kussen.

Ik was al bijna bij haar toen er achter haar rug een man opdook. Hij kneep haar speels in haar middel, zij draaide zich om en de manier waarop ze een verrast kreetje slaakte, deed vermoeden dat ze intiem met elkaar waren. Zijn geroutineerde, bezitterige kus op haar mond deed elk restje twijfel, en daarmee alle hoop, verdampen.

'Thomas, mag ik je voorstellen aan mijn echtgenoot Egbert?'

Ze slachtte me.

Ik had aangenomen dat ze vrijgezel was. Ze had iets wat alleen vrije vrouwen over zich hebben; iets onafhankelijks, autonooms. Bovendien droeg ze geen trouwring.

Er was niets ongepasts voorgevallen. Ik had geen

enkel recht me zo verraden, zo beetgenomen te voelen. De man, zo te zien een stuk ouder dan zij, keek me afwachtend aan. Hij had een gleufhoed in zijn hand. Jezus. Bestonden er nog kerels die dergelijke hoeden droegen? Het was ongetwijfeld artistiek of levensgenieterig bedoeld en het zou me niets verbazen als hij er op koude dagen een rode sjaal bij omsloeg – een witte als hij een smoking aanhad. De aansteller.

Ik gaf de man een hand en glimlachte schaapachtig terwijl haat, woede en teleurstelling als een giftige cocktail door mijn aderen stroomden.

Voor het huwelijk heb ik niet al te veel ontzag. Is dat iets waard, louter omdat de zegen van de god van de christenen erop rust? Het is neuken zoveel je wilt met de goedkeuring van de meneer boven. Maar wel je godganse leven met dezelfde vrouw. Het huwelijk geeft geen enkele garantie voor de duurzaamheid van de liefde, dat is een gevoel en laat zich dus niet vastleggen. Het is een farce. Hoelang Judith al samen was met die vent zei me ook niets. De meeste mensen blijven niet bij hun geliefde vanwege de toekomst die ze samen willen opbouwen, maar vanwege het verleden dat ze hopen terug te vinden. Die toekomst kon dus evengoed met mij zijn.

Wat mij betreft was de strijd niet gestreden, ik was nog niet bereid de mogelijkheid dat ik haar kon krijgen uit te sluiten. Mijn verlangen naar haar werd er niet minder om. Ze begeerde mij ook, dat kon niet anders. Ik zag het in haar blos als onze blikken te lang in elkaar haakten, aan haar oogopslag als ze zich door me bekeken wist, aan haar schrik als ik te dichtbij kwam.

Het lichaam liegt niet.

Ze was niet beschikbaar, dus wilde je haar alleen maar meer, denk jij misschien. Het kan zijn dat je gelijk hebt. De enige vrouw die Don Giovanni niet kon vergeten, was de vrouw die hij niet bezeten had. Zou het zo verdomde simpel zijn? Gedroeg ik me als een kind dat zijn zinnen op iets heeft gezet en alleen maar harder gaat krijsen als hij het niet onmiddellijk krijgt?

Hoe het ook zij, mijn werk profiteerde ervan. Ik had mijn libretto wekenlang niet aangeraakt, maar schreef weer als een bezetene. Elke zin, elke letter kreeg een bijklank, een dubbele betekenis, die alleen voor haar was bedoeld. Zij zou die tweede laag begrijpen. Ze zou, als het in de repetities werd meegenomen, luisteren naar de zangers en glimlachen. Als ik haar niet met mijn handen, mijn tong of mijn geslacht kon behagen, dan maar via mijn kunst.

Van mogelijke minnares werd ze mijn muze. Mijn sibille.

Zo is het in de kunst altijd geweest, nietwaar? De kunstenaar schept voor zichzelf, totdat hij verliefd wordt en nog slechts met een enkele persoon in gedachten schept. De mooiste liefdesgedichten worden geschreven in afwezigheid van de geliefde. Misschien buitte ik het uit, opportunist die ik ben.

Ik dacht dat ik zeeën van tijd had. Een leven is lang. Ze was nú dan wel getrouwd, maar huwelijken eindigen, dingen veranderen. Eens zou ze van mij zijn.

Ik dompelde me onder in de wereld van de fantasie, zoals ik gewend ben. De werkelijkheid, die redt zich wel zonder mij. Daar maakt iedereen zich al druk om, met de krant in de hand en de meningen klaar om afgevuurd te worden. Liever bekommer ik mij om de wereld van de verbeelding, van de kunst. Dat zie ik niet als verzaking van het leven of als ontsnapping, het is de manier waarop ik contact heb met de werkelijkheid. Ik kan me geen andere manier voorstellen. Via de verbeelding kom ik dichter bij de kern, al is het dan vermomd en versluierd.

Vergeef me als ik pathetisch begin te klinken. Dat krijg ik soms als ik te veel gedronken heb.

Eén ding nog hierover: kunst is de ziel van de cultuur. En kunstenaars zijn de priesters van de ziel. De voorgangers van de dienst. Ha! Zo bekeken ben ik geen heiden meer.

3

Er werd een feestje gehouden voor de decorontwerper, omdat die dertig jaar bij het gezelschap was. Godallemachtig, dertig jaar bij dezelfde baas, kun jij je dat voorstellen? Of ben jij ook al lang bij die pooier van je? Hoe dan ook, ieder z'n meug. Ik was er alleen maar omdat ik het vermoeden had dat zij er ook zou zijn.

Dat bleek het geval. Ik was laat, het feest liep al ten einde. De regisseur, die zijn huis ter beschikking had gesteld, was zichtbaar verbaasd mij te zien. Ikzelf was niet minder verrast dat ik was komen opdagen. Er waren de nodige borrels voor nodig geweest om de weerzin te overwinnen een dergelijke avond bij te wonen, maar het verlangen naar Judith was sterk.

Ik liet me op de schouders slaan, me 'kerel' noemen en naar de keuken duwen, waar de drank stond. Ik schonk mezelf een glas wijn in en bekeek de kindertekeningen op de koelkast, om het moment dat ik me tussen de gasten moest mengen uit te stellen. Behalve tekeningen hingen er foto's van lachende mensen met glazen wijn in hun hand en spelende kinderen op tropische stranden. Vrouw, kinderen, feestjes, vakanties naar zonnige oorden. Een vol leven. Ik wendde mijn blik af.

Zodra ik de woonkamer binnenliep, kreeg ik haar in het oog. Ze danste met een groepje mensen op harde, dreunende muziek. Haar haren hingen los, ze had een blos op haar wangen en gedroeg zich uitgelaten. Zo kende ik haar niet. Ik keek naar haar, naar deze nieuwe, vrije Judith. En stelde tot mijn vreugde vast dat Egbert niet aanwezig was.

Toen ze mij in de gaten kreeg, wierp ze een brutale blik mijn kant op. Ze was zich ervan bewust dat ik keek hoe ze op de muziek bewoog, leek er zelfs van te genieten. Haar heupen bewogen net iets sensueler dan vóór ze me had zien staan. Ze wenkte me, ik schudde lachend mijn hoofd. Ik maakte een gebaar dat moest betekenen: 'ik dans niet'. Ze plantte haar armen theatraal in haar zij en keek gespeeld boos. Daarna danste ze verder.

Later die avond trof ik haar aan in de slaapkamer, waar alle jassen die niet meer aan de kapstok pasten op bed waren gegooid. Ze groef tussen de enorme berg mantels, op zoek naar die van haar. Ze was erbij gaan zitten. Haar trage bewegingen verrieden dronkenschap. Ze zag er vermoeid uit.

Veel langer kon ik niet onbespied in de deuropening blijven staan, dus liep ik naar haar toe en ging naast haar zitten. Ze keek me aan met een onzeker, flauw glimlachje. Ik pakte haar hand.

'Waarom draag je geen trouwring?' Ik vroeg het zachtjes, maar iets van mijn ontluistering moet erin hebben doorgeklonken.

'Die ring zit me in de weg bij het spelen,' zei ze net zo zacht, bijna fluisterend.

Ze wendde haar blik af terwijl ze sprak, waardoor ik wist dat dat niet de hele waarheid was. Had het niet slechts een praktische reden, maar voelde ze zich bij het spelen in haar persoonlijke vrijheid beknot als ze die ring droeg? Herinnerde het haar aan de rol van echtgenote, haar huiselijk leven, waaraan ze zich juist probeerde te onttrekken als ze musiceerde?

We draaiden eromheen. Ik vroeg niet wat ik eigenlijk wilde vragen: 'Is er in jouw leven ruimte voor mij?' En zij gaf er geen antwoord op.

Ik hield haar hand nog steeds vast, streelde haar vingers nu. Ze liet me begaan, ik geloof dat ze zelfs een moment haar ogen sloot. Haar vingers verstrengelden zich met de mijne, heel even, maar lang genoeg om een explosie van opwinding in mijn binnenste te veroorzaken. Ik stond onder stroom.

Wees zwak, smeekte ik haar innerlijk. Laten we ons bij de verachten en onteerden voegen. Het kan me niet schelen dat je getrouwd bent.

Toen pakte ze, alsof ze met een ruk wakker werd uit een droom, met haar vrije hand haar jas – in één keer, alsof ze al die tijd had geweten waar hij lag. Ze liet haar hand uit de mijne glijden en stond op, wankelend. Ik moest haar bij haar elleboog pakken om haar staande te houden.

'Te veel wijn,' mompelde ze.

Ik knikte. Daar wist ik alles van.

Daarna keek ze me aan, opende haar mond om iets te zeggen, bedacht zich en sloot haar mond weer. Met een ruk draaide ze zich om en liep de kamer uit. Ik liet me languit op het bed vallen, opgetogen, licht euforisch zelfs.

Er was niets gebeurd en toch was alles gebeurd.

De liefde wordt altijd bedreigd. Voortdurend, van alle kanten. Door andere mensen, door omstandigheden

en van binnenuit, door verveling, sleur, veronachtza-
ming. We moeten voortdurend moeite doen om de
ontroering te behouden die de ander teweegbrengt.
Elke glimlach om hoe de ander een kamer binnenkomt, lacht, kijkt, elke begerige steek in onze onder-
buik als de ander zich ontkleedt, iets in ons oor
fluistert, is een triomf van de liefde op het verstrijken
van de tijd.

Liefdesrelaties zijn altijd doordrongen van een
doodsbesef. Dat is juist het boeiende eraan. De liefde
kan alleen maar zo diep raken omdat je weet dat het
ooit allemaal voorbijgaat. Het bederft, scheurt, ebt
weg. Het is voorbij. En toch is het nooit echt voorbij.
Wat er niet meer is, laat een echo horen. Het leeft
voort in andere dingen. Dat is de ware triomf.

Hoe denk jij daarover? Het heeft zich allemaal in
mijn hoofd afgespeeld, zeg je? Misschien heb je gelijk.

Het grootste gedeelte van ons leven speelt zich in
ons hoofd af, als je het mij vraagt. Een mens is bezig
in zichzelf een wereld op te bouwen waarin hij zich
thuis voelt. Eenzaam zijn we allemaal. Ieder mens is in
zichzelf opgesloten. Je kunt je uiten in een poging om
de ander te bereiken, maar dat is altijd een zwaktebod.
Je raakt net niet de waarheid, kunt er net niet de vinger opleggen. Taal is hoe dan ook ontoereikend om
het wezenlijke mee uit te drukken.

Alleen verliefdheid heft de eenzaamheid tijdelijk op.
Slechts de geliefde telt dan nog, al het andere is secun-
dair. Er is de illusie van samenvallen, van elkaar woordeloos begrijpen, in elkaar opgaan en versmelten.

Dat is geen illusie, zeg je? Voor een prostituee ben
jij veel te romantisch.

Goed dan, misschien is het geen illusie, maar zeker is wel dat het tijdelijk is. Op een zeker moment voelt een van de partijen de behoefte aan afstand, pakt het eigen leven weer op, ziet persoonlijke vrienden, vertelt niet meer alles aan de ander. De betovering is verbroken, en daarna is het hard werken om zo af en toe nog eens samen te vallen.

In het geval van Judith leek het of ik dat samenvallen eigenhandig voor elkaar wilde krijgen. Als ik maar graag genoeg wilde, hard genoeg probeerde om haar te doorgronden en te bespelen, dan zou ik haar voor me winnen.

'Vrouwen zijn er om bemind te worden, niet om begrepen te worden,' zei Oscar Wilde. Maar dat was dan ook een nicht. De vrouw begrijpen is de wens van elke verliefde man. Haar waarachtig bezien. Het verklaart zelfs de krankzinnige, heftige seks als je verliefd bent, alsof je tussen haar benen haar ziel probeert te vinden. Het is een poging door te dringen tot haar ware essentie. Het is vullen en gevuld worden, kennen en gekend worden.

Maar wanneer ken je iemand werkelijk? Als je voor het eerst ruzie hebt? Als je haar eerste leugentje detecteert? Als je haar hondsberoerd ziet? Ik durf te zeggen dat het enige moment waarop je iemand echt leert kennen het moment van orgasme is. Een vrouw is zichzelf als ze klaarkomt, hortend en stotend, vloekend, lieflijk, schreeuwend, zachtjes of ingehouden. Dan kun je een glimp opvangen van haar ware natuur, van het dier dat ze is.

De behoefte te doorgronden markeert het begin van een relatie en luidt tevens het einde in. Je bent betoverd als je niets liever wilt dan iemand kennen, maar iemand door en door kennen kan niet samengaan met betovering. Het onbekende, het nog te veroveren gebied, zorgt voor de aantrekkingskracht. Is het eenmaal begrepen, in bezit genomen, dan verruilt de gekte – als die gekte meer om het lijf had dan alleen maar lust – zich voor een comfortabel, rustig geluk. Dat is de metafysica van de begeerte.

Het proces kan gerekt worden, dat wel. Het verloopt trager als je te maken hebt met een vrouw die haar geheim beschermt, die altijd iets achterhoudt om naar te gissen. Die de betovering ongebroken laat, jaren achtereen. Decennia achtereen. Niet uit berekening, maar omdat het in haar aard ligt. Ik wilde graag geloven dat Judith zo'n vrouw was. Ik had reden om dat te geloven. Ze bleef immers een enigma, hoezeer ik ook probeerde om haar innerlijke natuur te doorgronden. Een leven zou nog te kort zijn om haar te begrijpen.

Kennis is mooi. Niet-weten is mooier.

Hoe het ook zij, ik was bereid mijn zelfverkozen, gecultiveerde eenzaamheid voor haar op te geven. Ik dacht dat zij mijn waanzin zou kunnen bezweren. Met haar zou ik een rustig bestaan op kunnen bouwen, met vaste grond onder de voeten. Die gedachte troostte me, maar bezorgde me tegelijkertijd angstzweet. Zou ik dan nog wel kunnen schrijven? Blijven wie ik was? Vrijuit kunnen ademen?

Ja, lach maar. Mannen zijn verwikkeld in een eeuwige worsteling tussen hun verlangen naar geborgenheid en hun verlangen naar avontuur.

Eén keer ben ik echt met haar alleen geweest. Even maar, bij haar thuis.

Ze belde me op een doordeweekse avond. Toen ik haar stem hoorde, durfde ik nauwelijks adem te halen. Ze vroeg of ik een paar dagen later wilde komen eten bij haar en Egbert. Er zouden nog meer mensen zijn – bestuursleden van het operagezelschap en vrienden van de gastheer. Het was de toon in haar stem die me de uitnodiging deed accepteren. Ik hoorde erin dat het veel voor haar zou betekenen als ik kwam.

De gasten bleken allemaal even onuitstaanbaar. De conversatie ging over fondsenwerving voor de kunsten. De mannen, stuk voor stuk gekleed in jasjes en broeken die niets met die jasjes te maken hadden, opperden trucs om zoveel mogelijk subsidiepotten leeg te roven. Daarna ging het over het publiek dat het operahuis moest worden binnengehaald.

Ik vind één ding erger dan de afkeer voor alles wat intellectueel of elitair is, en dat is als intellectuelen en snobs hun publiek chronisch onderschatten. Als krantenlezer en televisiekijker word je dagelijks aangesproken alsof je een debiel bent, door redacteuren die denken op hun hurken te moeten gaan zitten om de doelgroep te bereiken. Heimelijk lachen ze die doelgroep uit en zelf staan ze er uiteraard ver boven. Ik kan je vertellen dat je helemaal *nergens* boven staat als je jezelf toestaat te scheppen met de mentaliteit van een marktkoopman. Nee, erger dan dat. Een marktkoopman lacht zijn kopers niet uit als ze naar zijn kraam komen.

Laten we die fout in godsnaam niet in het theater maken. Er hoeft niemand 'binnengehaald' te worden.

Dan benader je het helemaal verkeerd. Je maakt iets wat je mooi vindt en vervolgens komen er mensen op af die dat kunnen waarderen.

Op de juiste momenten zond Judith me een blik van verstandhouding, ik kan het niet anders noemen, anders was ik vrijwel zeker uit mijn slof geschoten. Nu was het alsof wij beiden naar een toneelstuk zaten te kijken, in afwachting van de pauze waarin we ons zouden opwinden over al die zelfgenoegzaamheid en pedanterie.

Het was een triomf dat ze die blikken niet met haar echtgenoot wisselde, maar met mij. We hadden een bondgenootschap. Egbert werd in zijn eigen huis overwonnen en hij had het niet eens in de gaten.

De man had het veel te druk met het opdissen van anekdotes om zoiets op te merken. Egbert was het duidelijk gewend om het woord te nemen, alle ogen op zich gericht te weten. Hij was zo iemand die met branie en gewichtigdoenerij respect onder mannen weet af te dwingen zonder iets aan sympathie in te boeten. Hij zal zijn overwicht in status en bezit nooit rechtstreeks ter sprake brengen, maar doorlopend luchtig benadrukken, door het noemen van zijn Italiaanse kleermaker en de schatrijke criminelen die hij als jurist onder zijn cliëntèle mag rekenen. Zijn uit-spattingen waren voorspelbaar. Sigaren, klassieke auto's, exclusieve wijnen. Dat werk.

Het huis was ingericht op een manier die wel een verfijnde smaak, maar geen enkele persoonlijke voor-keur verried. De decorateur die hier ongetwijfeld aan het werk was geweest, had gevoel voor sfeer, maar het huis ademde niets. Er was te veel harmonie, ik miste de wanklank. Net als een muziekstuk heeft een interieur een wanklank nodig om te beklijven, om interessant te zijn.

Misschien was Judith hier de wanklank. Ze liep door het huis alsof ze er op bezoek was. Achteloos, afwezig tastend. Ze pakte spullen op alsof ze ze niet als haar eigendom beschouwde. Dat deed me goed. Niets in het interieur verried dat hier een vrouw woonde, ik zag niets wat me iets over Judith vertelde. Haar portretfoto hing in de hal, in de hoek van de woonkamer stond een piano met wat partituren erop en dat was het. Ze kon hier zo weer weg zijn. Ze was op doortocht.

Ook dat deed me goed.

'Twee artiesten in ons midden en geen muziek?' vroeg een van de gasten met een knik in de richting van de piano. 'Dat kan toch niet waar zijn?'

Ik wilde het verzoek al met een lachje afwimpelen, toen ik Judith hoopvol naar me zag kijken. De paniek sloeg me om het hart. We hadden nog nooit samen gespeeld. Sterker nog: ik had nog nooit in haar bijzijn gespeeld. Mijn armzalige gepingel zou in het niet vallen bij dat van de beroepspianiste. Aan de andere kant was mijn bijdrage aan de conversatie nihil geweest en kon ik nu in ieder geval muzikaal van me laten horen.

Ik knikte toegeeflijk naar Judith, die al verheugd opstond en naar de piano liep. Het krukje was klein, dus we waren gedwongen pal naast elkaar te zitten. Op gedempte toon overlegden we over het te spelen stuk, geschikt voor quatre-mains. Liszt? Debussy?

Er schoot me een stuk te binnen. Een sonate van Schubert. Judith knikte instemmend.

Al met de eerste akkoorden die ze aansloeg, trok ze me het stuk binnen. Haar noten leken een vraag te stellen, waarop ik antwoord gaf door andere toetsen te beroeren. Daarna stelde ze de vraag nog eens, dwingender nu, en gaf ik een ander, echter antwoord. In ons idioom praatten we met elkaar, vonden we volmaakte resonantie bij elkaar. Er was een onzichtbare samenzwering, gehuld in wolken van geluid waarin we ons veilig en ongezien waanden. We waren samen, in een gebied waar niemand ons kon volgen.

De toehoorders luisterden beleefd, verrukt over de culturele correctheid van deze avond. Ze zagen het ongetwijfeld als een charmant intermezzo, waarna ze hun conversatie zouden voortzetten als voorheen. Eigenlijk bestonden ze al niet meer voor ons. Ze waren langs de kade blijven staan en werden steeds kleiner, tot ze uit het zicht waren verdwenen. Op volle kracht voeren wij door.

In haar spel zag ik haar naakte kern. Deze klanken met haar voortbrengen was als aanraken en aangeraakt worden. Dat was indringender en intiemer dan haar been dat tegen het mijne gloeide of haar arm die af en toe de mijne raakte. Het was een ijler samenzijn, verheven boven het fysieke.

Ik besefte nog iets anders terwijl ik met haar musiceerde: ik verdween in mijn muziek, zij bestond erin. Dat was het verschil tussen ons.

Nog steeds kan ik elke klank van dat stuk oproepen, de intensiteit ervan, het tempo, de frasering. Zoals andere mensen beelden opslaan, hoe een baby voor het eerst lacht, hoe het licht op iemands haar valt, zo herinner ik me geluiden. Mijn auditieve geheugen faalt nooit. Ik heb dat muziekstuk sindsdien nooit meer gespeeld. Dat hoeft ook niet. Ik kan elke noot wanneer ik wil opnieuw laten weerklinken in mijn hoofd.

Rond middernacht maakten de gasten aanstalten om weg te gaan. Een van hen was zo dronken dat Egbert aanbood hem naar huis te brengen.

Plotseling waren we alleen. Judith wist zich geen raad met die intimiteit en hield zich bezig met borden, servetten, lege glazen. Ze babbelde nerveus, niet in staat een onderwerp te vinden dat tot een echt gesprek zou leiden.

Ze verdween naar de keuken en kwam terug met een fles whisky en twee glazen. Ze ging naast me op een stoel zitten en schonk de glazen in. Veel te vol, waardoor ik wist dat ze wilde dat ik voorlopig nog niet wegging.

'Mijn vader dronk vroeger altijd whisky,' zei ze. Ze reikte me iets aan. Ontsloot iets.

'O ja?'

'Laat op de avond, als hij met een glas whisky in zijn hand in gedachten verzonken in zijn stoel zat, ging ik soms als een kat op zijn schoot liggen. Hij leek me niet op te merken, sloeg nauwelijks een arm om me heen. Ik moest me aan zijn schouders vasthouden om niet te vallen. Dan deed ik mijn ogen dicht en probeerde ik weg te zinken, steeds dieper, tot waar hij zich ergens bevond, op die mysterieuze plek waar alcohol hem had gebracht. Ik wilde in zijn roes kruipen, hem daar bereiken.'

'Is dat je ooit gelukt, hem bereiken?' vroeg ik.

Ze schudde haar hoofd. 'Toen zag ik het als een

afwijzing. Later besefte ik dat sommige mensen niet bereikt kunnen worden, wíllen worden. Ze hebben hun handen vol aan zichzelf, aan het tasten in hun eigen duisternis.'

Ik vroeg me af of dat ertoe had geleid dat ze later, bij de mannen in haar leven, contact probeerde te maken of er juist van afzag. Ik vermoedde het laatste.

'Ben je gelukkig, Judith?' Een absurde, pathetische vraag. Ik wist ook wel dat die vraag veel te groot was. Ben je gelukkig getrouwd, bedoelde ik eigenlijk.

Ze staarde naar haar handen. 'Ik geloof het wel.'

Er was geen geflirt meer, er was niets speels aan ons gedrag. De liefde woog al zwaarder dan de lust. Dat krijg je als de bevrediging te lang uitblijft. Elke beweging, elk woord, was geladen, gezwollen van betekenis.

We zaten dicht bij elkaar. Onbehoorlijk dicht. Ik had haar kunnen kussen. Ze zou het vrijwel zeker hebben toegestaan. Duizend keer had ik hiervan gedroomd, maar nu de mogelijkheid zich aandiende, deed ik niets. Ik bleef haar alleen maar aankijken, ernstig en zwijgend.

Misschien was ik bang om deze verheven, hoofse liefde kapot te maken. Bovendien zou ik meer willen dan kussen alleen. Als de machinerie eenmaal in werking is gesteld, zie hem dan maar eens stil te zetten. Vrouwen kunnen een beetje zoenen en friemelen en het daarbij laten. De opwinding van vrouwen zwelt aan, kabbelt door, zwakt af om onverwachts weer op te laaien. Bij mannen is er een rechte lijn van opwinding, actie en ontlading. Anders krijgen we pijn in onze ballen. Zo simpel is dat.

Maar goed, dat hoef ik jou niet te vertellen. Jij bent hier de prof.

Voordat ik wegging, pakte ik in een opwelling twee sigaretten uit mijn pakje en legde ze op tafel. Ze leek het te begrijpen. Ik wilde iets achterlaten, iets tastbaars. Een echo van mijn verblijf om straks het vervliegen van mijn aanwezigheid uit te stellen. Ik wist niets beters te bedenken dan die stomme sigaretten, ook al wist ik dat ze niet rookte.

Ik was halverwege het trappenhuis, toen ik terugliep. Jas vergeten. Het lijkt een slechte versiertruc als ik het vertel, maar het was waar. Ze kwam me in het trappenhuis tegemoet met de jas in haar hand. Ik wilde hem pakken, maar in plaats daarvan pakte ik haar gezicht in mijn handen.

'Ik...' begon ik.

'Ik weet het,' zei ze. 'Ik ook. Ik ook.'

Daarmee was alles gezegd. Alles kenbaar gemaakt. Met mijn blikken had ik allang bekend dat ik van haar hield. Dat geloof ik.

Met mijn handen nog steeds om haar gezicht, liet ik mijn lippen over haar huid glijden, ik kuste haar slaap, haar ogen, haar wang. Ik rook de geur van haar huid, haar parfum en het vleugje whisky in haar adem. Ten slotte bereikte ik haar mond. Haar lippen gingen uiteen en ineens was daar de warme natheid van haar mond.

De gevoelens die ze in me losmaakte, brachten een schok teweeg. Ik reageerde als een maagd, alsof ik nooit eerder was aangeraakt, had gekust. De verwarring maakte me duizelig. Het kussen was geen opmaat naar een vrijpartij, zoals bij andere vrouwen. Ik had niet meer handelingen nodig om mijn opwinding in stand te houden. Mijn handen tastten niet naar haar borsten of haar broekje; haar mond, haar tong, het tegen haar aan staan was overweldigend genoeg.

Ik kon me niet voorstellen dat ik ooit meer zou willen dan dit. Ik wilde wel meer, maar meer van hetzelfde: niets anders dan haar eindeloos kussen. We kusten behoedzaam en in stilte, alsof we bang waren dat de kleinste beweging, de kleinste zucht, de harmonie van het moment zou verstoren en ons van gedachten zou doen veranderen.

Judith liet mijn jas op de grond vallen. Dat plotselinge geluid, dat gebaar van overgave op het moment van hartstocht, maakte me overmoedig. Steeds hongeriger, steeds wilder, kuste ik haar en zij beantwoordde mijn kussen met dezelfde vurigheid. Ik liet mijn mond afdalen naar haar hals, de aanzet van haar borsten, ik kuste ze door de stof van haar jurk heen, voelde de tepels opzwellen, zocht haar tong opnieuw.

Toen maakte ze zich los van mijn mond en klemde zich aan me vast met een hevigheid die me ontroerde. Zo stonden we een tijdje, zwijgend, berustend in onze daad. Het voelde als een onvermijdelijke gebeurtenis die zich eindelijk had voltrokken, bijna buiten onze wil om.

Ik pakte haar gezicht nog eenmaal in mijn handen en snoof haar geur op. Daarna pakte ik mijn jas van de vloer en liep de trap af naar beneden – zonder om te kijken, want ik hoefde mezelf er niet van te vergewissen dat ze me nakeek. Haar blik schroeide in mijn rug.

In de taxi stelde ik me voor hoe ze haar schoenen

zou uittrekken, hoe ze de sigaretten zou oproken, uit
het raam starend naar de straat waaruit ik was vertrokken. Hoe haar lippen het glas zouden beroeren waaruit ik whisky gedronken had, hoe haar adem het glas
deed beslaan.

Ik ben een stumper in de liefde, dat weet ik ook wel.
Maar op dat moment was ik een zielsgelukkige stumper.

'Het is beter als een vrouw een beetje meer van jou
houdt dan andersom,' zei iemand eens tegen me. Ik
ben daar niet zo zeker van. De een wil altijd meer dan
de ander in een relatie. Het is prettig en veilig om die
ander te zijn. Ik heb altijd voor die comfortabele positie gekozen.

En toch. Toch was ik tijdens al die verhoudingen
stiekem jaloers op de overtuiging waarmee de ander
mij liefhad. Het líjkt slim om te zorgen dat zij achter
je aan rent, maar het is laf en dom. Zij is veel slimmer
en moediger. Zij kan verliezen, haar hart kan gebroken worden en zál waarschijnlijk gebroken worden,
maar in ieder geval heeft ze het genoegen gesmaakt
met volle overgave lief te hebben gehad.

Het genoegen te worden begeerd en bemind is
vluchtig vergeleken bij de verrukking om zelf te begeren en te beminnen.

Je bent moe, ik zie het. Ik ga zo naar huis. Maar kleed
je eerst uit. Laat me je neuken. Help me om op te houden met praten, met denken, help me om eindelijk
woordeloos te zijn. Trek je beha uit, toe maar. Laat me
je bekijken. Uit dat slipje.

Ik zie dat je ervan geniet. Laat me alsjeblieft geloven dat je ervan geniet. Zo, ja. Wees een vrouw en laat mij vannacht gewoon een man zijn.

4

Wil je het hele verhaal horen? Weet je het zeker?

Dan moet ik je vertellen over de avond van de pre-mière van het stuk. Ik was opgetogen en droevig tege-lijk, want die avond markeerde zowel het hoogtepunt als het einde van de samenwerking tussen Judith en mij. Mijn werk was gedaan, de opera was af, het gezel-schap ging ermee aan de haal en ik werd geacht me te richten op een volgende opdracht.

Voor mij was er, als vertaler, een stoel op de eerste rij van de zaal gereserveerd, maar ik had een plaatsje op het balkon afgedwongen. Zo kon ik in de orkestbak kijken, waar Judith het klavecimbel zou bespelen.

De hele voorstelling keek ik nauwelijks naar wat zich op het podium afspeelde, ik zag alleen haar geconcen-treerde gebaren. Ik stelde me voor hoe zij zich gereed had gemaakt voor deze avond. Hoe ze haar kousen had aangetrokken, haar haar had opgestoken. De gedachte dat Egbert misschien haar jurk had dicht geritst en de vraag had beantwoord of ze déze of díe oorbellen zou dragen, waarna ze het tegenovergestel-de deed, zoals alle vrouwen doen, drukte ik weg.

De blazers klonken helder, de strijkers ijl en onaan-raakbaar. De zangers zongen afwisselend breekbaar, krachtig en met een zuivere intonatie, recht in het hart van de harmonie. Alt, sopraan, tenor, mezzo, bariton: iedereen. Het was volmaakt. Ik ontspande me, stond toe dat de muziek me overstroomde.

Op sommige momenten concentreerde ik me op haar spel. Judith vertaalde de noten in bezielde muziek – vol overgave, virtuoos, maar zonder opsmuk. Op de juiste momenten verkocht ze de toetsen een dreun, om vervolgens ingetogen verder te spelen. Ze leek alle nuances aan te voelen. De passieve rol van muze, die ik Judith in mijn verbeelding had toebedeeld, paste haar niet. Zij was een schepper.

Ik voelde me de hele voorstelling lang intens gelukkig. Geluk kun je alleen achteraf aanwijzen, beweren veel mensen. Geluk heeft geen tijd voor gevraag en gezever. Er bewust van zijn op het moment zelf zou de geluksbeleving in de weg staan. Daar heb ik vaak over nagedacht, en ik ben tot de conclusie gekomen dat die theorie niet klopt. Als je geluk alleen achteraf kunt vaststellen, was je waarschijnlijk niet echt gelukkig, maar denk je: toen had ik gelukkig moeten zijn. Alle factoren die geluk afdwingen, waren immers aanwezig.

Geluk overvalt je op onverwachte momenten, als gevolg van clichématige, oppervlakkige en soms ronduit belachelijke dingen. Geluk overkomt je. Vervolgens is het zaak er niet voor weg te kruipen. Als je het geluksgevoel niet bij de lurven grijpt, glijdt het voorbij voor je er erg in hebt.

Na afloop, in de artiestenfoyer, moest ik de neiging onderdrukken om Judith dicht tegen me aan te drukken. Ik volstond met een kus, die ergens tussen haar neus en oor belandde omdat ze haar gezicht afwendde. Ik voelde me dichter bij haar staan dan ooit, omdat ze de muziek zo goed had begrepen, míj zo goed had begrepen. Omdat ik mijn geluksmoment zo verbonden had met haar.

'Wat fijn dat je tevreden bent met de uitvoering,' zei ze stijfjes. Vervolgens informeerde ze naar mijn volgende bezigheden.

Haar gereserveerdheid trof me als een belediging. Ze behandelde me als een gewaardeerde collega, een aardige kennis. Ik speurde haar gezicht af op zoek naar een teken van ons verbond. En zag niets.

Iemand tikte haar aan. 'Ik kom er zo aan,' zei ze over haar schouder, 'één minuut.'

Mijn hart kromp ineen. Het eindsignaal voor dit babbeltje lag al vast. Waarom stond ik hier nog met die stompzinnige glimlach om mijn lippen het spelletje mee te spelen? Natuurlijk had ik weg moeten lopen, maar ik was niet in staat om deze ontmoeting eigenhandig te bekorten. Elke armzalige minuut met haar was me te kostbaar. Mijn waardigheid was van ondergeschikt belang.

'Oké,' zei ze. Het was een afrondend oké. De minuut was blijkbaar voorbij.

Liever zou ik hebben gehad dat ze me uitschold, negeerde zelfs, dan deze neutrale, beleefde behandeling. Liefde is rauw, primair, dierlijk. Door het onder te dompelen in nietszeggende vriendelijkheid krijgt het geen lucht, sterft het. Dat was kennelijk wat zij wilde: onze gevoelens voor elkaar discreet, zonder wanklank, laten sterven. Ze smoren in de weeïge lucht van welgemanierdheid, zodat we allebei door konden gaan met ons zielige leventje.

Vlak voor ze me gedag wilde zeggen, kon ik het niet langer verdragen. Ik voegde haar kwetsende woorden toe, ze waren in eerste instantie bedoeld om haar het zwijgen op te leggen, daarna om iets uit te lokken. Een echte emotie, verontwaardiging, woede, desnoods – alles beter dan dit.

'Je doet alsof wij elkaar amper kennen,' beet ik haar toe. 'En waarom? Zodat je dat naar dat mislukte huwelijk van je terug kunt keren?'

Ze verstarde. Haar neusvleugels trilden en ze fronste, maar haar toon bleef kalm. Die verdomde vormelijkheid van haar. 'Mijn huwelijk is niet mislukt. Ik heb je nooit laten geloven dat dat zo was. Dat zou jij misschien graag hebben, maar dat is niet het geval. En bovendien, Thomas, er ís geen wij. Dat heb je je verbeeld.'

Ik greep haar arm vast, in een opwelling. Mensen keken.

'Laat me onmiddellijk los,' zei ze ijzig.

Nadat ik haar arm had losgelaten, liep ze met opgetrokken schouders weg.

Het was de laatste keer dat ik haar in levenden lijve zag.

DEEL 2

5

Een ramp komt altijd voort uit een keten van gebeurtenissen, verkeerde beslissingen, zaken die over het hoofd worden gezien of niet serieus worden genomen. Er is nooit één enkele oorzaak, het is altijd een kwestie van omstandigheden en handelingen die samen fataal blijken te zijn.

Bij Judith was er de champagne die ze niet gewend was te drinken. Na de voorstelling dronk ze nogal wat glazen om stoom af te blazen, de première te vieren, wie weet om haar woordenwisseling met mij te vergeten, in de veronderstelling dat haar echtgenoot haar naar huis zou rijden. Die echtgenoot was rond middernacht echter ook in de olie en vertrok met een taxi naar huis. Judith ging over op water en stapte een paar uur later in de auto.

Er was de regen die voor het eerst in weken viel. Aan het wegdek kleefden olie en viezigheid die zich in de voorgaande weken hadden verzameld en door het regenwater tot een glibberig geheel werden gemaakt.

Er was de plotselinge file van auto's die door de gladheid stapvoets waren gaan rijden. Ze zag het niet op tijd, of haar reactievermogen was door de drank een fractie vertraagd, en ze botste frontaal op de laatste auto die stilstond.

De man in die auto, een zestiger, had een gebroken neus, een paar gekneusde ribben en wat blauwe plekken.

Judith was op slag dood.

Ik wist niet dat rouw zo fysiek kon zijn. Het maakte mijn botten stram, mijn ademhaling stroef. Mijn hart klopte met tegenzin en hing zwaar in mijn borst. Ik liep gebogen door het huis, als een oude man, alsof ik bang was dat mijn hart uit mijn borstkas zou vallen. Ik had het voortdurend koud.

De meubels, boeken en persoonlijke bezittingen in mijn huis waren objecten zonder lading geworden. Ik liep eromheen zonder ze aan te raken, zonder te begrijpen hoe ik ze zou kunnen gebruiken. Het waren dingen die toevallig zo gegroepeerd stonden, nutteloos en volstrekt willekeurig. Werken ging niet. Taal was een betekenisloze trilling van lucht, ontdaan van alle syntaxis en wetmatigheden. Aan woorden, mijn geliefde woorden, had ik niets.

Ze waren ongeldig geworden.

Mijn liefde voor Judith was dan wel heimelijk, maar daarom niet minder voelbaar: het was een redeloze overgave aan iets wat niet kon bestaan. Om het te laten voortduren, had ik de minnaar in mij opgeofferd. Maar er was altijd de mogelijkheid. De kleine kans. Er was de droom.

Liefde zoekt de ander. Nu kon het geen kant meer op. Het botste overal tegenop, kaatste terug naar mij, was richtingloos, opgejaagd, versplinterd, zoekend.

Ik heb haar liefgehad, weliswaar platonisch, maar met alle hartstochtelijke pathos die je mag verwachten. Ik hóór het mezelf zeggen, dit. Neem me niet kwalijk. Clichés, niets dan clichés.

Bij haar begrafenis stond ik achter in de kerk. Ik wilde ieder moment kunnen wegglippen zonder dat iemand het zou merken. Voordat de dienst begon, was ik langs de open kist gelopen waarin ze opgebaard lag. Ik voelde een merkwaardige behoefte om haar dode lichaam te zien. Om echt te geloven dat de dierbare gestorven is, zeggen ze dan, dat is goed voor de acceptatie. Maar de aanblik van haar bleke huid, die nog witter dan normaal was, maakte het allemaal nog onwezenlijker. Ze zag er, hoe zal ik het zeggen, doorzichtig uit. Ontstellend lichamelijk ook, met aderen die door haar huid schenen, botten en vlees. Misschien voelde het zo onwezenlijk omdat er alleen nog maar dát over was: botten en vlees.

Op dat moment voelde ik nog geen verdriet. Ik wachtte af, zoals wanneer je je teen stoot en die eindeloos lange seconde wacht tot de pijn je overspoelt.

De teraardebestelling duurde kort. Een oudere heer, gekleed in een donker pak en met een keppeltje op zijn achterhoofd, sprak een eeuwenoud gebed uit in een taal die ik niet verstond, het Hebreeuws. Hij stond kaarsrecht, op een manier die verried dat hij daar inspanning voor moest leveren, zoals trotse oude heren dat kunnen. Kranig is het woord, het was een kranige man. Ik vroeg me af of hij haar vader was.

Hij sprak de religieuze tekst uit met de terneergeslagen berusting van een gelovige. God heeft het zo gewild. De mens heeft dit te aanvaarden. Niemand heeft ooit beweerd dat het leven makkelijk zou zijn.

Ik probeerde niet naar de kist te kijken die in de grond wegzonk, maar concentreerde me in plaats daarvan op de mensen die zich rond het open graf hadden verzameld. Een enkeling kende ik, de meesten niet. Ik bekeek de uitingen van verdriet, het steun zoeken en het troost ontvangen. Ze legden hun handen op schouders, ondersteunden, knepen in handpalmen.

Ineens kon ik het niet uitstaan dat er geen bewijs was. Ik had niets in handen om te laten zien hoe belangrijk ze voor me was geweest; geen ansichtkaart, geen oorbel die ze bij me thuis had laten liggen, niet eens een rekening van een etentje. In haar officiële geschiedenis zou ik niet bijgeschreven worden. Ze liet me achter met niets. Niets dan een overschot aan begeerte. Niets dan richtingloze liefde.

De mensen verwijderden zich in kleine groepjes van het graf, met gebogen hoofden en betraande gezichten. Mensen rouwen omdat ze met de overledene een deel van zichzelf verliezen. De toeschouwer, de luisteraar, de getuige van hun leven, is vertrokken en daarmee is het gedeelde verleden voorgoed afgesloten. Ik rouwde vooral om wat nog had moeten komen.

Even keek ik naast me. Niemand te zien. Toch voelde het alsof ik niet de enige was die dit alles van een afstandje stond te bekijken.

Vanaf die dag was alleen nog afwezigheid aanwezig. Een volle leegte. Ik ademde het in, liep erdoorheen, wilde verpozen in de leegte die ze achter had gelaten. Om in leven te blijven, imiteerde ik mezelf. Ik deed maar zo'n beetje wat ik gewend was. Ik ging in bed liggen, ook al kon ik niet slapen, at mijn boterhammen, ook al had ik geen honger. Mijn alcoholgebruik was medicinaal, ik dronk net genoeg om te kunnen functioneren.

Het besef dat ze er niet meer was, sijpelde langzaam door. Er was spijt en zelfverwijt om de harde woorden die ik de laatste keer dat ik haar zag had gesproken. Er was schuldgevoel. Ik vroeg me vertwijfeld af in hoeverre onze ruzie ertoe had bijgedragen dat ze veel had gedronken, overmoedig in haar auto was gestapt, zo in gedachten verzonken was dat ze de file te laat opmerkte. Maar bovenal was er de pijn van een gemiste kans – misschien wel de enige kans op liefde in mijn miserabele bestaan.

De bodem is helemaal niet zo'n onaardige plek om te vertoeven. Het geeft een veilig gevoel om je daar in het donker op te rollen, in de zekerheid dat je niet dieper kunt vallen. Fransen noemen het *vertige de l'abîme*: de verleiding om jezelf in de afgrond te storten. Ik heb me nergens in gestort, maar heb me kalm en beheerst in die afgrond laten glijden.

Je moet in dit soort gevallen de hellevaart volledig aanvaarden, vind ik. Ook dat is een vorm van verlossing zoeken. De meeste mensen denken dat ze de bodem kunnen vermijden zolang ze maar blijven spartelen. Ze trachten het verdriet onder controle te houden, tegen de klippen op. Dat lijkt te lukken, ze ontvangen complimenten dat ze zo sterk zijn, denken dat ze de oorlog hebben gewonnen en ontspannen even. Juist dan, op dat onbewaakte moment, liggen ze ineens beneden – en dan blijkt dat lang niet zo erg te zijn als ze hadden verwacht.

Elke poging je aan pijn te onttrekken, leidt tot zelfbedrog. Je moet verdriet niet willen dempen. Je moet het recht in de ogen kijken, doorvoelen en je niet laten aanpraten dat dat ongezond of excentriek is. Onze maatschappij is van pijnvrees doordrongen. Nadat elk lichamelijk pijntje met pillen en therapie is bestreden is nu de zielenpijn aan de beurt. Afblijven, zeg ik je!

Elke psycholoog zal je vertellen dat ik opzettelijk bleef treuren om haar bij me te houden, want het verdriet verliezen betekende haar verliezen. Als je iets vurig mist, ben je het nog niet helemaal kwijt. Als dat waar is, wat dan nog? Wat is daar mis mee? Ik was van plan de gifbeker tot de laatste druppel leeg te drinken. En dan een nieuwe te bestellen.

De wereld is krankzinnig, niet ik.

Alleen die gekmakende stilte. Het was zo verdomde stil om me heen.

De stilte tussen de noten bepaalt de kwaliteit van een muziekstuk. Die stilte is essentieel, maar moet zo summier zijn dat je haar nauwelijks kunt aanwijzen. De melodie moet blijven doorstromen. Als er te lange stiltes in een muziekstuk zijn, valt het uiteen in losse fragmenten. Dat is wat er met Judith en mij gebeurde naarmate de tijd verstreek.

Ik hield krampachtig vast aan ons muziekstuk, probeerde de stiltes te overbruggen met herinneringen, maar dat lukte steeds minder goed. Ze ontviel me, ik raakte haar elke dag een beetje meer kwijt. De stilte duurde te lang. Wat ik niet met mijn geheugen kon oproepen, vulde ik in met mijn fantasie. En daarmee raakte ik haar nog meer kwijt. Natuurlijk maakte ik me schuldig aan postume verheerlijking, aan geschiedvervalsing, zoals elke nabestaande dat doet. Ze verwerd tot een droombeeld, een statisch, leugenachtig verhaal.

Ik verloor het 'wij' waarvan zij had beweerd dat het nooit bestaan had. Er was alleen nog 'ik'. Het ik van 'ik houd van jou'. Eigenlijk is dat de enige constante die we tot onze beschikking hebben. Van iemand houden zegt iets over het ík, over míjn gevoelens, wat de ander voor míj betekent. Of de ander die gevoelens nu beantwoordt of niet.

Dat is de reden dat liefde de dood overleeft.

6

Wil je iets heel geks horen? Op een avond zag ik Judith in mijn kamer. Ze stond voor me.

Als ik zeg dat ik haar zag, bedoel ik dat letterlijk. Ik zag haar net zo scherp als ik jou nu zie, zoals je hier naast me ligt. Ze keek naar me. In me, moet ik zeggen.

Ik verwacht niet dat je dit zomaar gelooft. Beschouw het als een hallucinatie van een dronkenlap. Ik zou teleurgesteld in je zijn als je dit soort zweverige onzin klakkeloos aan zou nemen. Jezus, het klinkt mij zelf ongeloofwaardig in de oren terwijl ik het vertel.

Toch stond ze voor me. Daar. In mijn kamer. Dat *kon* helemaal niet. Ik heb nooit geloofd in overleden dierbaren, gidsen of hoe je die verschijningen ook noemt. Spoken bestaan niet. Klaar. Maar nu moest mijn scepsis het afleggen tegen wat mijn zintuigen me vertelden.

Kun je het aan om een spookverhaal te horen?

Het was laat op de avond, een uur of twaalf. Ik draaide een aria uit *Don Giovanni* van Mozart. '*Mi tradi quell'alma ingrata,*' zingt Donna Elvira in die aria, 'hij heeft me verraden, de trouweloze ziel'. Ze is boos op Don Juan, omdat hij het met andere vrouwen heeft aangelegd. Ze voelt aan dat hij afglijdt en zichzelf zal vernietigen.

Ik luisterde naar de tekst, zoals ik al honderden malen eerder had gedaan, en ineens voelde ik Judith om me heen. Het was alsof ze me via de zingende vrouw iets wilde laten weten. Alsof ze de longen van die vrouw gebruikte om mij iets te vertellen.

Ik luisterde met andere oren naar de muziek. Het lied ging niet langer over woede, maar over angst. Donna Elvira is bang dat ze echt van Don Juan houdt, terwijl ze voorziet dat ze hem kwijtraakt. Ze is boos op hem, maar eigenlijk op zichzelf, omdat ze bezig is voor zo'n onbetrouwbare vrouwenversierder te vallen. Hij zal zichzelf, en daarmee haar, te gronde richten.

Ineens begreep ik dit alles en begreep ik wat het met Judith en mij te maken had. Dat was de reden waarom ze zich bij onze laatste ontmoeting zo koel en gereserveerd gedroeg: ze was niet geschrokken van mijn gevoelens voor haar, maar van haar gevoelens voor mij!

Ik begon hardop te lachen, een maniakale lach. Ik had in weken niet gelachen, het voelde alsof de huid van mijn gezicht openbarstte.

De lucht om me heen voelde levend aan. Er kringelde een zoete bries om me heen. Ik kon Judith, haar wezen, haar aanwezigheid, inademen. De lucht werd dikker, kreeg steeds meer vorm. Concentreerde zich. En ineens was ze er. Ik zag haar, niet met mijn ogen, maar met iets wat dieper lag. Ik keek als het ware door mijn ogen heen. Ik keek en accepteerde wat ik zag.

Haar haar hing los rond haar gezicht, haar ogen hadden een zachte uitdrukking, met een vreemde schittering. Haar huid was bleek, maar had een warme gloed. Ze droeg de jurk die ze op de avond van de première had gedragen, haar laatste avond. Ze stond niet met haar voeten op de grond, maar zweefde er een klein stukje boven.

Een ogenblik later ging ik nadenken, mijn blik focussen, ik knipperde met mijn ogen en daarna was ze net zo plotseling verdwenen als ze was verschenen.

Waarom zit je nu zo verbaasd te kijken? Jij bent hier toch de gelovige? Dat heb je me vaak genoeg verteld. Als christen omarm je Mariaverschijningen, wonderen en heiligen die over water lopen en zeeën splijten. Dan kan zo'n geestverschijning er ook nog wel bij, dacht ik zo.

Ik bezag de vreemde dingen die in de weken daarvoor waren voorgevallen in een ander licht. Het moest allemaal met haar gespook te maken hebben: de televisie die zomaar van zender wisselde, boeken die uit de boekenkast waren gevallen, spullen die ik kwijt was geraakt en op de meest vreemde plekken terugvond.

Die aria draaide ik keer op keer, dagenlang, in de hoop dat zij zich weer bij me zou voegen. De schelle stem, de toonladders, de vertwijfeling die erin doorklonk maakten me dol, maar ik kon het niet uitzetten. Mijn cd-speler stond op repeat, de laatste klank vloeide over in de eerste, tot het leek of er niets meer buiten de klaagzang bestond.

Ik zat uren over de partituur van 'Mi tradi quell'alma ingrata' gebogen en bestudeerde het ritme, de dynamiek, de harmonieën en de dissonanten. Ik probeerde er diepere lagen in te ontdekken, wachtte tot er iets uit zou opstijgen wat alles in één klap duidelijk maakte. Ik zocht naar de ontdekking van de hemel, maar alles wat ik kreeg was een klankenbrij, wolken van geluid.

Mozart had deze aria toegevoegd voor de Weense première, omdat hij verliefd was op de sopraan

Caterina Cavalieri, die het mocht zingen. Dat kon geen toeval zijn. Er was liefde in het spel, de woorden waren afkomstig van de meester zelf. Judith had de grenzen van leven en dood opgerekt om bij mij te kunnen zijn. Waar anders voor dan voor de liefde?

Ik begon betekenis toe te kennen aan alles wat er gebeurde. Alles wat ik meemaakte was een teken van haar. Mijn geloof in wat ik had gezien, in wat ik *wist*, dreigde af te zakken naar bijgeloof. Ik moest oppassen. Geloof me, je moet behoorlijk nuchter zijn om met dit soort metafysische ervaringen om te kunnen gaan.

Na de verschijning van Judith had ik, zoals ik het zag, twee mogelijkheden tot mijn beschikking: mijn persoonlijke ervaring diskwalificeren of mijn visie op leven en dood verruimen. Goed beschouwd was alleen dat laatste een optie, want als je je eigen beleving niet serieus neemt, wat dan wel? Hoop dreef me natuurlijk ook in die richting. Als Judith er nog was, al was dat in een schimmenrijk, was ik haar nog niet helemaal kwijt.

Dood is dood en dat was dat, heb ik altijd gezegd. Of eigenlijk heb ik er nooit veel woorden aan vuil gemaakt. Ik zag de noodzaak er niet van om me bezig te houden met de dood en wat daar eventueel na komt. Me met het leven bemoeien vond ik al lastig genoeg. Nu moest ik wel. Als ik accepteerde dat ik Judith, of een deel van Judith, had ontmoet, dan accepteerde ik daarmee dat er na haar dood iets van haar was blijven bestaan.

Daarvan was niets te merken toen ze opgebaard lag. Er was niets dan een lege huls, een residu. Een hotel waarin ze had gelogeerd. Maar misschien is dat juist een bewijs voor het bestaan van een onstoffelijke kracht. Dat wat er toen miste, zo voelbaar miste, waar was dat heen gegaan? Wie logeerde er in dat hotel? Energie gaat nooit verloren, leerde ik op de middelbare school bij natuurkunde, het kan alleen van vorm veranderen. Dat zou ook kunnen gelden voor wat gelovigen de zielkracht plegen te noemen, neem ik aan.

Hoho, kijk maar niet zo triomfantelijk. Ik ben niet gelijk bekeerd. Wie zegt mij dat er een opperwezen is die die zielskracht naar zich toe roept en beschermt en dat we na onze dood niet eenzaam ronddolen? Is de geestverschijning van Judith niet júist een teken dat we allemaal goddeloos voortmodderen, levend of dood?

Zo, jij denkt te weten dat dat opperwezen bestaat. Dat zou me niet moeten verbazen. Ik heb nog nooit een hoer ontmoet die niet in God geloofde.

De atheïst laadt de verdenking op zich kil en harteloos te zijn, alsof ongeloof en gevoeligheid elkaar uitsluiten. Het tegendeel is waar: ik leid een leven van grote doorvoeldheid, ik kies ervoor mijn overtuigingen te vormen via mijn eigen ervaringen en gevoelens, niet via religieuze leerstellingen. Ik zoek het hogere niet door me aan de regels te houden, maar door ze te testen.

Een pesthekel heb ik aan godsvruchtigen die van hun eigen deugdzaamheid en verhevenheid vervuld zijn en pronken met hun kennis. Dat zelfgenoegzame, die waarheidsaanspraak. Pedant vind ik ze, de theologen die beweren langs rationele weg tot God te zijn gekomen. Ze bestuderen de Bijbel, Koran of Talmoed als puzzels, alsof die het geheim bewaren van verlossing. Dat is een grove overschatting van het brein. Zingeving is geen behoefte die kan worden bevredigd met kennis. Het volstaat gewoon niet. Een mens moet dingen aan den lijve ondervinden om tot inkeer te kunnen komen.

Overtuigingen en theorieën, religieus of anderszins van aard, zijn kalmeringsmiddelen: eerst helpen ze, verzachten ze, maken het leven hanteerbaar, dan beperken ze je en kom je er met de grootst mogelijke moeite weer vanaf. Het leven moet je niet één keer, maar veel vaker het tegendeel laten zien om ze te lozen. Begrijp me niet verkeerd: het is niet erg om overtuigingen te hebben – ik heb er meer dan ik je in deze nacht kan vertellen – als je maar bereid bent ze bij te stellen. Voortdurend bijstellen, dat is wijsheid vergaren.

Ik verdom het om mijn ideeën in de mal van een religie te gieten, ze te modelleren naar absolute principes. Mijn geest is geen kamer die ik door anderen laat inrichten.

De bordelen zitten vol, de kerken lopen leeg en ik ben er niet zo zeker van dat dat een slechte zaak is. Mensen verzamelen hun eigen wijsheden, op hun eigen manier. Dat is geen verval, dat is evolutie. De democratisering van religie. Wat nou secularisatie? Straks hebben we vijf miljard religies.

Een ding begrijp ik wel van die kerkgangers: het verlangen je te laten betoveren door muziek. Het doordringende orgelspel en de bombastische liederen werken hypnotiserend, helend. Ze bevorderen saamhorigheid. Zelfs in mijn ongelovige oren lijken de gregoriaanse gezangen rechtstreeks uit de hemel te komen. Muziek is geen afleiding, moet je weten. Het verlicht je emoties niet, maar intensiveert ze juist. Je treedt ze tegemoet. Het is geen vlucht, maar een zoektocht. Muziek grijpt je bij de lurven, dringt tot je binnenste door, beroert het hart. Muziek is afweergeschut tegen gevoelloosheid en onverschilligheid, het verdrijft de boze geesten, verdooft het denken en tilt je op in een goddelijke extase. De pastoors op hun kansels kunnen zichzelf van alles wijs maken, maar dáárvoor komen de mensen naar de kerk.

Het wezenlijke is alleen in muziek te vertalen. Het is aan de componist voorbehouden schoonheid en emotie te verklanken. Als librettist bedien ik me van het woord, een miezerig zwaktebod. Zodra iets geconcretiseerd wordt, begrensd, houdt het op puur te zijn. Het is niet langer ambivalent en lucide, maar al gauw dweilerig en pathetisch. Ik heb geen andere keuze, ik moet al die schoonheid en emotie het woord in trekken, maar ik ken mijn plaats.

'Bij opera moet de poëzie de gehoorzame dochter van de muziek zijn,' schreef Mozart aan zijn vader in een van zijn brieven. En zo is het.

Het was de muziek die Judith en mij in het leven had samengebracht en het was de muziek die ons na de dood had herenigd. Operamuziek schalde doorlopend door mijn huis. De rede kon me niet helpen met het bevatten van wat ik had meegemaakt. Om het leven, de dood en de wederopstanding van Judith met elkaar te verbinden, had ik opera nodig.

Opera gaat altijd over twee kanten: de dood en het leven, oorlog en vrede, het aardse en het bovenzinnelijke, komedie en tragedie. In een goede opera zijn de dingen nooit eenduidig. Er is tegelijk vertwijfeling, hoop, verdoemenis, woede, gratie, berusting.

Het sloot aan bij de chaos waarin ik me bevond.

De tweede keer dat Judith me bezocht, liet ze zich niet zien. Ik lag in bed en werd een geur gewaar. Het was een bloemige geur, die ik herkende van het parfum dat ze droeg, vermengd met een vleugje whisky. Het werd steeds sterker, tot het overweldigend was. On-ontkoombaar. Ik wachtte tot de paniek toesloeg, maar ik voelde slechts verwondering.

'Thomas,' hoorde ik, 'Thomas.' Er ontwikkelde zich een verdikking in de lucht, die zwaar tegen mijn huid drukte. Ze ging naast me liggen, tegen me aan. Haar arm legde ze over mijn borst, haar gezicht in mijn hals – zoals geliefden doen nadat ze de liefde hebben bedreven. Of in plaats van de liefde te bedrijven.

Dit keer had haar aanwezigheid iets troostrijks. Er heerste een grote vertrouwelijkheid waarin ik me liet wegzinken.

'Blijf je bij me tot ik in slaap val?' vroeg ik haar.

'Je moet leren om de tafel te verlaten als liefde niet langer wordt geserveerd,' zong Nina Simone. Viel dit me ten deel, omdat ik tegen beter weten in aan tafel was blijven zitten? Kreeg ik toch nog een gang voor-geschoteld als beloning voor mijn toewijding? Of had ik haar ziel naar me toe getrokken met mijn gejammer, had ik haar uit haar heerlijke slaap gewekt, ruw wak-ker geschud, en terug naar de aarde geroepen?

Ze voelde niet aan als een vrouw die droomt, die in

halfslaap is. Ze voelde juist aan alsof ze klaarwakker was, ontwaakt uit de droom die het leven heet. Het was alsof ze met haar bovenaardse overzicht gretig haar nieuwe mogelijkheden aan het uitproberen was. Op haar gemak, met lichtvoetige speelsheid, knoopte ze de losse draadjes aan elkaar die waren overgebleven van haar aardse bestaan.

Een boodschap, zoals de geesten die in opera's of theaterstukken doorgaans klaaglijk uiten, leek ze niet te hebben. Of, zo hoopte ik vurig, het moest deze zijn: ik ben er nog.

Ik ken je.

Er was *wel* een wij.

7

Alles in mijn leven draaide nu om een dode vrouw. Ik wilde me alleen nog op haar liefde verlaten, schermde me van alles en iedereen af en kwam de deur amper uit. Buiten mijn huis had ze me nog niet bezocht en ik wilde zo min mogelijk risico lopen dat ik haar zou missen. Ik was verliefd geworden op een geestverschijning.

Toe maar, verklaar me maar voor gek. Dat heb ik zelf allang gedaan.

De woorden kwamen terug, dat wel. Ik kon weer werken. Schrijven heeft me altijd geholpen om het onoverzichtelijke overzichtelijk te maken. Daarin ben ik niet uniek. In de cellen van gerechtsgebouwen, waar verdachten in de uren voor hun proces vertoeven, staan de muren vol krabbels. Alles wordt de verdachten afgenomen, van hun sigaretten tot hun horloge, maar ze krijgen wel een pen in bruikleen. Dat hebben ze bij Justitie goed begrepen. Schrijven kalmeert.

Alleen was er nog slechts een enkel onderwerp waarover ik in staat was te schrijven: Judith. De kleine kameropera waaraan ik werkte ging alleen en volledig over haar, via bedachte personages. Dat moet voor een deel zijn geweest omdat ik mijn gevoelens voor haar wilde begrijpen, voor een ander deel omdat ik ze wilde vastleggen. Ik probeerde Judith voor de eeuwigheid te bewaren, zodat ik haar nooit meer zou kwijtraken.

Alle kunst komt voort uit het verlangen om te bestendigen, geloof ik. Denk je ook niet? Het doet een poging een gevoel, een moment, te onttrekken aan de wetten van tijd en ruimte. Het wil het versteend in de tijd hebben, het laten stollen. En toch, hoe treffend de kunstenaar het ook weet te verbeelden, het blijft een armzalige vereenvoudiging van de werkelijkheid. Het is een model.

Meestal is het de liefde die we willen vastleggen. Daarvoor hoef je geen kunstenaar te zijn. We krassen hartjes in houten banken en boomstammen, tekenen initialen op beslagen ruiten, maken foto's, bewaren brieven. We willen de ogen laten zien wat het hart voelt. Het grillige gevoel vereeuwigen. Iedereen begrijpt waarom Heathcliff een lok van zijn haar in het medaillon van Catherine stopte toen ze in haar kist opgebaard lag.

We willen sporen achterlaten, zo diep mogelijk – sporen van pijn en verrukking, dat is allebei even belangrijk. We willen bestaan in het hoofd van de geliefde, ook als het straks voorbij is. In wezen is dat doodsangst. Het komt voort uit de angst om weggevaagd te worden, niet te hebben bestaan, geen voetsporen achter te laten op deze aarde. Het ergste dat een ex-geliefde tegen je kan zeggen, is dat het verleden niet zo veel voor haar betekent, dat ze niet leeft in herinneringen, maar in het nu en in de toekomst. Dat er geen littekens zijn van de breuk met jou, slechts kneuzingen. Kneuzingen genezen, dus elk spoor van haar leven met jou zal mettertijd zijn weggevaagd.

Je bent opgelost.

Het verleden is de meest ondergewaardeerde tijdsdimensie. Mensen schuiven het met het grootste gemak onder het tapijt, terwijl niemand zonder kan. Opgeruimde types die niet omkijken en de blik monter op de horizon gericht houden, zullen struikelen. Je moet in de achteruitkijkspiegel kijken voor je wegrijdt met je auto, nietwaar?

Het pad van je verleden bepaalt de koers van de toekomst – of je nu besluit precies het tegenovergestelde te doen of op dezelfde voet verder te gaan. Eerbiedig je verleden, zeg ik daarom. Ik zou niet oud willen worden zonder littekens. Dat zou betekenen dat ik niet geleefd heb, of in ieder geval dat ik mijn leven niet genoeg doorleefd heb.

Ik koester het litteken dat Judith heeft achtergelaten.

Het is een mooi, scherp, vurig rood litteken dat haar recht doet.

Tijdens het schrijven, het fabriceren van het model, had ik het gevoel dat Judith over mijn schouder meekeek. Verliefde mensen hebben het idee dat alles wat ze doen door de ander gezien wordt, ook al is hij of zij er niet bij aanwezig. Ze doen hun best om de geliefde niet teleur te stellen; joggen een extra rondje, kleden zich 's ochtends met zorg, draaien de dop op de tube tandpasta. Dat is onderdeel van de waanzin die bij verliefdheid hoort. Ik was, met een dode geliefde die me elk moment kon bezoeken, misschien wel echt opgezadeld met een vrouw die alles zag. Een verdomd verontrustende gedachte.

Als Judith alleswetend en alom aanwezig was, betekende dat dan dat ze me ook zag als ik op de wc zat?

Als ik mezelf bevredigde? Als ik mijn hoeren bezocht? Ik mocht toch hopen van niet.

Ik wil je een gebeurtenis vertellen die ik alleen hier, in de wereld achter deze rode gordijnen, durf te vertellen. In de hoop dat het hier ook blijft, want daarbuiten zou het niet begrepen worden. Mensen zouden het aanzien voor een macabere, perverse fantasie.

Midden op een warme dag, toen het te heet was om me te concentreren op mijn werk, ging ik op bed liggen. Op het moment dat ik mijn ogen sloot, voelde ik een lichte trilling van de lucht langs mijn hals gaan. Mijn ogen schoten open en ik bleef als versteend liggen. Mijn hart bonkte als een bezetene.

Judith.

Toen ik weer enigszins was gekalmeerd, richtte ik mijn aandacht op de plek waar ik de subtiele trilling had gevoeld. Opnieuw voelde ik een briesje, alsof ze zachtjes in mijn hals blies. Daarna beroerde ze mijn schouder, mijn arm, mijn pols. Dit voelde niet als een tedere aanraking zoals eerder, maar als onvervulde erotische verlangens die een uitweg zochten.

Ze trok sporen over mijn buik. Koortsig, onschuldig en schalks tegelijk. Het bracht mijn vlees tot razernij, een hitte verspreidde zich door me heen. Alles wat ik voelde, balde samen in een keiharde erectie. In een reflex trok ik mijn kleren uit. Ik lag naakt op bed, gloeiend, bezweet en wachtte af.

De beroeringen werden heviger, tastbaarder, sensueler. De kracht ervan nam toe. Het was als een vreemde taal horen. Ik kon het niet verstaan, maar voelde aan wat er bedoeld werd, en reageerde. Ze leek te weten waar en met welke druk ik aangeraakt wilde worden. Ze volgde mijn ademhaling, die met horten en stoten kwam, spoorde me aan en wachtte af, stimuleerde me, raadselachtig, etherisch, magnetisch, verleidelijk. Ze zweefde om me heen. Ik wilde – ik wilde, ik wilde haar.

De grenzen begonnen te vervagen. We vloeiden ineen, broeierig. Ik was in haar, zij in mij. Ze nam mijn lichaam in bezit. Ze liet zich op me zakken, bleef eerst roerloos zitten, en toen ik mijn heupen niet langer stil kon houden, begon ze te bewegen. Ze bereed me. Als ik mijn ogen tot spleetjes kneep, kon ik haar bijna zien, kon ik de dunne sluier tussen haar wereld en de mijne optillen en haar troebele blik van begeerte zien, haar mond die half open stond, haar borsten die op en neer bewogen.

Ik gaf me redeloos aan haar over, was alleen maar lichaam. Het intellect, dat me zou vertellen dat dit niet mogelijk was, die handenbinder, die dwingende meester, die slavendrijver, trad beschaamd terug bij zo veel lichamelijk geweld. De ziel bleef handenwrijvend achter. Ik zat aan haar vast, penetreerde haar diepste binnenste. Er was een golvende beweging, een waas van verrukking, druk die opgevoerd werd, afnam en weer opklom in hevigheid. Het rijzen en dalen van mijn borst, haar kreunen en zuchten, het spannen van mijn spieren, de aanrollende golf en dan… de ontlading.

Met verbazing bekeek ik het zaad op mijn buik. Zo ontstellend tastbaar als gevolg van zo iets transparants. Ik had mezelf met geen vinger aangeraakt.

Langzaam kwam ik weer bij zinnen.

Haar essentie loste op.
De lucht was weer gewoon lucht.

Was zij een verstekeling in de wereld van de levenden?
Of was ik een verstekeling in de wereld van de doden?

Volgens het verhaal van de wederopstanding verscheen Jezus kort na zijn dood in een visioen aan Maria Magdalena. Ze maakte aanstalten hem te omhelzen.

'Raak me niet aan,' waarschuwde hij zacht, 'ik ben nog niet opgestegen naar mijn Vader.'

Wat bedoelde hij daarmee, kun je me dat vertellen? Het is jouw Bijbel, jij bent hier de christen. Moest Christus de Zoon soms eerst bij God de Vader verantwoording komen afleggen voordat hij naar de aarde mocht terugkeren? Blijkbaar moet je als overledene eerst naar boven, inchecken, voordat je uitstapjes mag maken. Wat zou er gebeurd zijn als Maria Magdalena Jezus wel had aangeraakt? Zou zij vanaf dat moment verdoemd zijn, zelf tot een spook gemaakt?

Dat weet niemand, zeg je.

Het verwarde me. Niet zozeer het onbegrijpelijke van wat er was gebeurd hield me bezig, want de hoop op begrip had ik allang opgegeven, maar de vraag of het wel gepast was wat we aan het doen waren. Dat verbaast je misschien van een ongelovige. Toch maakte ik me druk of het wel de bedoeling was dat de levenden en de doden zich elkaar bemoeien, of we niet een of andere regel overtraden.

De begeerte trok zich er weinig van aan. Die was in volle hevigheid terug – net als mijn levenslust. Dat is een en hetzelfde, natuurlijk. Zonder verlangen geen levenswil, zonder levenswil geen verlangen.

De hitte, de hitsigheid, de bloeddorst overvielen me en verbaasden me. Zo gaat dat. Een stijve pik overkomt je. Soms lijkt het alsof je voornaamste bezigheid als man het in banen leiden van je geilheid is. Het is zaak geen marionet, maar een goede vriend van je eigen driften te zijn.

Dit heb ik geleerd: je moet je begeerte niet willen beteugelen, overwinnen of vervangen door een andere gekte. De oplossing zit 'm in het bevredigen van de begeerte – dát moet je onder de knie zien te krijgen. Je kunt dat op twee manieren doen: zonder veel gedoe het verlangen vervullen voordat het te groot wordt of het verlangen lange tijd onvervuld laten. Met het verlangen leven zoals je met een lastige huisgenoot zou leven: niet proberen deze aan je wil te onderwerpen, omdat dat alleen maar voor toestanden zorgt, maar deze lijdzaam accepteren en zo goed en zo kwaad als het gaat je dag doorkomen.

Ik koos meestal voor het eerste – dat zal je uit de mond van een vaste klant niet verbazen – wat zoveel betekent als rukken, prostitueebezoek of liefdeloze seks hebben met willekeurige vrouwen. Ik heb gevreeen met vrouwen die ik niet eens aardig vond; dat heeft mijn opwinding nog nooit in de weg gestaan. Je kunt geweldig neuken met vrouwen met wie je geen normaal gesprek kan voeren of met wie je niet eens geprobeerd hebt een gesprek te voeren. Daar voel je niets van in bed. Dat komt later pas.

Het is niet het vrijen, maar het orgasme dat de ellende inluidt. Achter de begeerte die louter begeerte is, komt een leegheid tevoorschijn die zijn weerga niet kent. Een diepzwart, betekenisloos niets. Een dorre vlakte. De dood voor mijn part, al ben ik daar nu niet meer zo zeker van. De begeerte is voorbij en er doemt niet onmiddellijk een nieuwe op. In die afschrikwekkende leegte willen mannen zo snel mogelijk weg bij de vrouw die hen zojuist vervulling heeft geschonken.

Nu, met Judith, was het anders. Het is ironisch: nu ik voor het eerst in mijn leven geen lichaam had om na de vervulling van de begeerte in mijn armen te houden, voelde ik me niet eenzaam. Er was een moment niets, maar de stilte bracht ontroering, tevredenheid, zelfs iets van geluk voort. Nu er niets tastbaars was om vast te houden, vulde het niets zich met iets. Opmerkelijk, toch?

In de liefde weet je pas na de geslachtsdaad hoe de zaken ervoor staan. Het stadium van verlangen heeft altijd iets rijks, iets verhevens. De vervulling ervan is in wezen een banaliteit – een prettige banaliteit, maar toch, een banaliteit. Pas voorbij de begeerte weet je of je jezelf hebt vermaakt met een illusie of dat er werkelijk liefde in het spel is.

8

Soms sliep ik alleen, soms vervuld van haar. Zij hield mij vast, ik haar. Ze ging in me op en zweefde weer van me weg. Het ene moment was ze overal en het volgende moment loste ze op, vluchtig als ether.

Het werkte verslavend. Ik leefde in voortdurende waakzaamheid, wachtend tot het volgende moment aanbrak waarop zij het zich verwaardigde me te bezoeken. Soms duurde dat eindeloos lang. Dagen liet ze me alleen. Dat stak me. Ik kende de habitus van een overledene niet, maar zo druk kon een dode het toch niet hebben?

Die passieve rol paste me niet. Als het op vrouwen aankwam, was ik gewend de touwtjes in handen te hebben. Ik was de partij die belde, plannen bedacht voor uitstapjes, verleidde, uitvluchten verzon, minder vaak belde, iemand anders, jonger, mooier, in het oog kreeg, bedroog en verliet. Zo gaan die dingen. Bij een dode geliefde golden kennelijk andere wetten. Wetten die voor mij geheel onduidelijk en ondoorzichtig waren.

Onderwijl was er de passie die onverminderd in me gloeide. Ik rukte me drie keer per dag af – in eerste instantie om de gedachte aan haar te verdrijven, maar als ik dan mijn erotische fantasieën afdraaide en mijn geslacht beetpakte, hadden de vrouwen die voor me knielden, vooroverbogen, hun benen spreidden, binnen enkele seconden de hals, de billen, de mond van Judith. Het waren altijd háár ogen die me aankeken als ik me ontlaadde.

Als ze me dan eindelijk bezocht, overviel me een verrukkelijke angst voor het onbekende, het onbenoembare, die als katalysator voor mijn lust werkte. Haar bezoekjes waren na die ene warme middag verbonden met opwinding. Noem dat gerust maniakaal of vulgair, daar ben ik zeker niet vrij van, maar weet dat mijn begeerte voor haar in mijn hart zetelde. Het ging me erom bij haar te zijn, zo dicht mogelijk bij haar, in haar te zijn, te versmelten. Mezelf weg te geven en daarvoor in de plaats haar te winnen.

Natuurlijk had het allemaal iets onbetamelijks. Dat remde me niet af, maar spoorde me alleen maar aan, wat ik vervolgens weer beschamend vond. In die zin heeft het wel wat weg van prostitueebezoek: juist de beschamende kant maakt de hele operatie zo aantrekkelijk.

Verboden vruchten smaken zoeter.

Zo donker en stil als het op dit uur is, dat is mij het liefst – als zelfs de nachtbrakers zijn gaan slapen en de stad verlaten lijkt. De nacht is mij veel liever dan de dag. Je denkt: omdat hij zich wil verstoppen, omdat hij zich omhuld door de duisternis ongezien waant. Dat is wat je denkt. Heb ik gelijk of niet?

Het tegendeel is waar. Juist in de duisternis kun je je niet verstoppen en kun je geen dingen verhullen. De duisternis slokt alles op. De ordening is weg en er komt chaos voor in de plaats. Wat overdag wordt opgebouwd, stort 's nachts weer in. Er komen krachten vrij die geen twijfel, geen tegenspraak dulden, die groter zijn dan jij en ik. Met omtrekkende bewegingen komen ze dichterbij en laten zich gelden. Ik heb het over de tegenkrachten: droom, drift, wellust, waarheid. Als wilde beesten kruipen ze uit hun holen. Ze ontbinden de wereld om je heen.

Die chaos prefereer ik.

De nacht scheidt het onechte van het echte. Het onderdrukte, het schaamtevolle, het heimelijke laat zich zien. Op een bepaalde manier is dat echter en waardevoller dan de beschaafde werkelijkheid, vol oppervlakkig geklets en gepolijste maniertjes. Ik ben gehecht aan de tedere leugen van beschaving, zei ik je al eerder, maar alleen als daar een ondermijnende, rauwe werkelijkheid tegenover staat die ook een plaats heeft.

Bij de ochtendschemering vallen dingen op hun oude plaats terug. Uit de chaos, de verwarring, de ontregeling, groeit opnieuw orde. Die dingen vallen dan wel op hun oude plaats terug, maar zijn daar niet meer zo sterk verankerd als de dag ervoor. Met een beetje geweld zijn ze los te wrikken. Ergens een nachtje over slapen is het beste wat je kunt doen als je ergens over twijfelt. Niet de nieuwe morgen brengt nieuw perspectief, zoals altijd gezegd wordt, maar de nacht ervoor heeft voor de transformatie gezorgd.

In de opera komt de nacht ruim en glorieus aan bod. Het is de duistere werkelijkheid van grote gevoelens, hartstochten, van het ongerijmde en het onverwachte. En altijd weer blijkt dat het onze eigen demonen zijn die we moeten bevechten.

Op zo'n uur als dit kwam Judith het vaakst spoken. Alsof er in de nachtelijke ontregeling kieren ontstonden waardoorheen zij zich kon wurmen om bij me te komen. Ik wist altijd onmiddellijk dat zij er was, zoals ik ook toen ze nog leefde kon voelen dat ze ergens aanwezig was. Ik hoefde nooit naar haar te zoeken in een ruimte, want ze was altijd de eerste persoon die ik zag. En zelfs dat was slechts een bevestiging van wat ik al wist.

Een gestalte, donkerder dan de duisternis die haar omgaf, stond op die nachten roerloos bij mijn bed. Keer op keer smeekte ik haar uit de schaduw tevoorschijn te komen, maar ze hield zich schuil. Sinds de eerste keer dat ze me bezocht, had ze zich niet meer zichtbaar gemaakt. Ze moet hebben geweten dat de ongelovige een spectaculair optreden nodig heeft om overtuigd te worden, want daarna getroostte ze zich die inspanning niet meer. Ze had een grande entree gemaakt, als in de overweldigende ouverture van een opera, waarna ze af en toe het podium op stapte, maar laf buiten de schijnwerpers bleef staan.

'Neem me mee!' heb ik geroepen, steeds als ze langzaam oploste. Als ze dan niet helemaal naar mijn wereld wilde komen, dan was ik bereid naar de hare mee te gaan. Dat moest toch verdomme mogelijk zijn?

In de opera lukt het in ieder geval wel. Don Giovanni liet zich aan het slot van de opera de hel in trekken door de Commendatore. Giovanni pakte zijn toegestoken hand stevig vast, kon zich niet losmaken uit diens ijzeren greep en ging ten onder in het hellevuur.

Judith en ik hadden heel wat meer gedaan dan elkaar de hand schudden.

Misschien was het veelzeggend dat ik aannam dat ze

me naar de hel zou meevoeren en niet naar de hemel. Mijn verlangen ging in die dagen uit naar de onderwereld. Ik had helse ondergangsfantasieën, waarin Judith en ik als verdoemde zielen rondwaarden. Samen konden we Satan en al zijn legioenen weerstaan. Tja.

Het zal te maken hebben gehad met mijn verhoogde inname van alcohol. Mijn drankgebruik was niet langer medicinaal, maar excessief. Opnieuw was dat geen escapisme, verzeker ik je met klem, maar een zoektocht naar de waarheid. Ik dacht haar in de roes te vinden, zoals Judith haar zatte vader probeerde te vinden door op zijn schoot te kruipen en haar ogen te sluiten.

Zij voelde in die dagen meer levend aan dan ik. Niet zij, maar ik was de hologige geest, de schim die door het appartement sloop. Eten deed ik amper, waardoor de alcohol nog efficiënter zijn werk deed.

Er bestaan mensen die het waanidee hebben dat ze geen ingewanden bezitten, mensen die zich zo leeg en hol voelen dat ze ervan overtuigd zijn dat ze niets hoeven te eten, omdat ze geen maag en darmen hebben om het voedsel te verteren. Ik was tegelijkertijd opgewonden en uitgeput. Ik was onzichtbaar. Ik hoefde niet te eten. Ik bestond, maar ik leefde niet.

Ik was tot spook verworden.

Als je het echt weten wilt; ik denk dat ik een beetje gek aan het worden was. Waanzin is geen gebrek aan gedachten, maar een overdaad aan gedachten. Denken tot je er gek van wordt. De waanzinnige denkt in cirkels, steeds hetzelfde, eindeloos vaak. De gedachte zelf wordt werkelijkheid. De gedachte kan naast de tastbare werkelijkheid bestaan, er zelfs mee in tegenspraak zijn, en de waanzinnige kan dat erkennen, maar dan nog wint de gedachte.

Waanzin klopt voortdurend op onze deur, op ieders deur, maar je moet de deur openen om de waanzin binnen te laten. Je moet je demonen aan tafel uitnodigen, een stoel bijschuiven, anders blijven ze netjes op afstand.

Waarom de meeste mensen die deur dichthouden, vraag je?

Niet omdat ze bang zijn voor misère, als je het mij vraagt. Mensen houden de waanzin op afstand, omdat ze bang zijn voor de extase van de gekte, het genot van de roes. Ze voelen de verlokking, de bedwelming van de gekte en zijn doodsbang ervoor te bezwijken.

Mij is het niet vreemd, die waanzin. Ik heb in mijn leven meerdere malen het genot van de gekte mogen smaken, maar heb er nooit helemaal aan toegegeven. Ik kwam altijd weer terug – op eigen kracht, zonder medicijnen. Met tegenzin, dat wel.

We noemen het waanzin, maar het is juist een staat waarin alles eindelijk zin heeft. Je doorziet het grote plan dat zich ontvouwt, het patroon waarin alles past. Je zintuigen zijn verscherpt, je gedachten versneld, *alles* merk je op. Je bent vrij, maar niet alleen, want je bent deel van een geheel. Je bent aan het vallen, maar je kunt niet te pletter storten, want je zult worden opgevangen door een onzichtbare hand. Je kunt alles doen wat je wilt, er zit geen grens aan je kunnen, zolang jij er maar van overtuigd bent dat je het kunt. De mensen om je heen slapen, zijn aan het slaapwandelen, zich onbewust van alle mogelijkheden die tot hun beschikking staan. Ze zien niet wat jij ziet en kunnen daarom niet wat jij kunt. Je kunt het ze niet kwalijk nemen, zij weten niet beter. Maar het grote geheel is zich wel bewust van je groeiende vermogens, van je ontwaken, en richt al zijn energie op jou, de verlichte. Alles draait om jou, is zich bewust van jou, is met jou verbonden. Ja, nú zie je hoe het zit.

Soms moet een mens uitrazen, zijn demonen leren kennen, weer bij zinnen komen en dan de deur zachtjes achter zich sluiten.

9

Mijn huis had Judith geabsorbeerd. Het had zich met haar energie gevuld; een residu van haar aanwezigheid of een aankondiging ervan, ik voelde het verschil niet meer. Het sluimerde in alle holten. Op de deurkruk voelde ik haar hand, in de spiegel in de badkamer ving ik een glimp op van haar gezicht, de stoel waarin ik ging zitten voelde niet leeg aan. Het huis sloot het allemaal in zich op.

In een vlaag van vertwijfeling zette ik op een avond de ramen en deuren tegen elkaar open, wat natuurlijk niet hielp. Nu had ik een koud huis gevuld met haar energie. Nadat ik die avond in bed kroop, zag ik in mijn halfslaap schaduwen, gedaanten zonder substantie die dwars door muren en deuren heen vlogen. Gezichten gleden langs me heen, handen klampten zich aan me vast, zuchten klonken in mijn oren. Met een ruk ging ik rechtop zitten, ik bewoog wild met mijn armen alsof ik een zwerm bijen van me af wilde schudden.

In de badkamer zette ik de kraan open en hield mijn polsen onder de straal. Het koude water bracht me helderheid, maar niet de kalmte waarop ik hoopte. Er vlamde een onverwachte woede in me op. Was mijn huis een vrijplaats voor de doden geworden? Had Judith met haar bezoekjes aan mijn huis de weg voor alle godvergeten dolende zielen vrijgemaakt en verkeerde ik onder de doden?

Ik was een man in de bloei van zijn leven die zich aan het inmetselen was in een mausoleum. Ik hoorde vrouwen te versieren – wat zeg ik, lekkere wijven – vrouwen met een warm lichaam om tegenaan te liggen, borsten om in mijn handen te wiegen, heupen om vast te pakken, billen om te kneden. Of misschien moest ik een lief, zorgzaam meisje het hof maken. Een doodgewoon, levend meisje. Misschien moest ik er zelfs met eentje trouwen. Alles beter dan me als een idioot te laten opvrijen door een klopgeest.

Ik moest onmiddellijk weg uit de vervloekte graftombe die mijn huis was geworden. De slaap zou ik nu toch niet meer kunnen vatten. Het was zaak de waanzin de baas te worden en me vast te houden aan de functionele, overzichtelijke wereld van de materie, aan alles wat zichtbaar en bewezen is. Ik moest de straat op en de levenden tegemoet treden. Haastig en struikelend kleedde ik me aan.

De stad lag er roerloos en stil bij. Het gele licht van de lantaarns hield flarden mist als een sluier vast. Ik ademde de mist in en met iedere ademtocht voelde ik me rustiger worden. Er was tijdloosheid te lezen in het water van de grachten, de statige huizen, de sierlijke lantaarns. Er schijnen plannen te zijn om het gouden licht in de binnenstad te vervangen door witte spaar-lampen, omdat mensen zich onveilig voelen bij dit sfeerlicht. Die angst voor de duisternis, die neuroti-sche drang om alles altijd maar schel verlicht te willen zien, het hele etmaal lang! Flikker toch op. Het is tegennatuurlijk, een modegril waaraan geen welden-kende stadsbestuurder zou moeten toegeven.

Je onveilig voelen is trouwens van alle tijden. Het bange volk klaagt daar al eeuwen over en zal dat nog eeuwen doen. De grachten gevangen in kil wit licht; de gedachte alleen al maakt me boos. Soms lijkt het of Amsterdam een geschiedenis heeft, maar geen verleden. Het oude centrum staat te glimmen in de verf. De patina ontbreekt.

Terwijl ik over die dingen liep te mijmeren, of zeg maar gerust: me liep op te winden, was ik ongemerkt in de buurt van de pleinen geraakt. De bedrijvigheid nam toe. Kroegen gingen sluiten, mensen namen afscheid van elkaar, taxi's reden af en aan.

Daar, te midden van die uitgelaten drukte, zag ik hem staan. Egbert. De weduwnaar van mijn minnares. Hij was een pand uitgelopen en stond onwennig om zich heen te kijken, alsof hij zich nu pas afvroeg hoe hij thuis moest komen. Het was een sociëteit voor schrijvers en kunstenaars; ik had kunnen weten dat de snob daar zijn biertjes dronk.

In een reflex wilde ik me omdraaien, maar het was te laat. Onze blikken kruisten elkaar en ik kon met geen mogelijkheid meer voorwenden hem over het hoofd te hebben gezien. Op onvaste benen liep hij op me af.

'Thomas, is het niet?' zei hij op een joviale, ietwat onzekere toon.

Ik knikte, schudde zijn uitgestoken hand. Daarna stamelde ik een verontschuldiging en maakte me uit de voeten.

Hij zou vast denken dat ik me geen houding wist te geven na zijn verlies, dat dit niet persoonlijk was bedoeld maar een gevolg van mijn onaangepastheid als mens, als wereldvreemde artistiekeling. Dat hoopte ik maar.

Ik was de straat op gegaan uit behoefte aan iets tastbaars en echts, maar dit was me té echt. Ik kon het niet aan, de confrontatie met deze man die zijn vrouw had verloren, deze man die haar jarenlang in levenden lijve naast zich had gehad, deze man die in zijn verdriet de kroeg opzocht en die zijn hand naar mij had uitgestoken, omdat ik haar ook had gekend en hij misschien iets van zijn verdriet met mij kon delen.

Als het me destijds was gelukt Judith voor me te winnen, had ze zich van hem laten scheiden. Ze was niet het type vrouw dat er vrijers naast haar huwelijk op na hield. Die beslissing had ik zonder gewetenswroeging en met grote blijdschap van haar geaccepteerd. De liefde is keihard. Zo ver is het niet gekomen, maar er heeft bedrog plaatsgevonden. Wij waren platonisch overspeligen tijdens haar leven en, nu nog steeds, na haar dood.

Ik had met het toelaten van Judith in mijn bed, ook al ontbrak haar lichaam, het recht verspeeld hem te condoleren.

Ik ben schuldig. Denk maar niet dat ik dat niet weet. Om in christelijke termen te spreken – en laten we dat vooral doen, want dit alles begint meer en meer op een biecht te lijken – heb ik het gebod 'Gij zult de vrouw van een ander niet begeren' welbewust en vol overgave gebroken.

Ik fluister nu al urenlang mijn zonden van me af, alleen is het geen priester, maar een prostituee die mij de biecht afneemt. Weliswaar een hoer die in God gelooft, maar toch: ik geloof niet dat jij me absolutie kunt verlenen. Bovendien moet de zondaar berouw tonen en met zijn berouw moet het voornemen verbonden zijn niet meer te zondigen en de schade te herstellen. Dat is bij mij niet bepaald het geval. Ik ga er gewoon mee door. Ik ben in dubbele genotvolle overtreding door haar, de vrouw van de rouwende weduwnaar, postuum te bevlekken.

De hemel zal er voor mij dus wel niet in zitten. De hel lijkt me ook weer wat overdreven. Dat *limbus patrum* lijkt me wel iets, die chique herenclub van goedhartige, vooraanstaande heidenen uit de tijd voordat Jezus op aarde kwam. Je kunt slechter gezelschap treffen, nietwaar? Of misschien heeft de paus die inmiddels afgeschaft, net als het *limbus infantium* waar de baby's die stierven voor ze gedoopt waren hun dagen sleten.

Om mijn schuldbelijdenis compleet te maken: alleen haar terughoudendheid behoedde me ervoor om haar tijdens haar leven te beminnen. Had ik haar kunnen delen? Ik vermoed van wel. In de liefde is alles mogelijk. Die God van jou zou, als hij een beetje gevoel in z'n donder heeft, moeten begrijpen dat een verliefde dwaas de kruimels opraapt die hem worden toegeworpen.

Nee, ik weet niet zeker dat God niet bestaat. Maar je moet toch in iets geloven.

10

Heb je er bezwaar tegen als ik rook? Ik moet daar eens vanaf komen, maar het zijn drammerige dingen, die peuken. Jij ook een?

Na mijn weerzien met Egbert liet Judith zich niet meer zien. Haar energie liep weg uit mijn huis, als parfum uit een flesje zonder dop. Er bleef een vage geur hangen, ik kreeg er af en toe een zweem van in mijn neus, maar als ik het op wilde snuiven, was het alweer weg. Ik had het gevoel dat ze me had verlaten, omdat zij net zozeer was geschrokken van mijn toevallige ontmoeting met haar weduwnaar als ik.

Iemand verliezen doe je niet een keer. Verliezen doe je duizenden keren, daar was ik inmiddels aan gewend geraakt. Ik verloor haar iedere keer als ze vervaagde, totdat ik haar weer terugvond in een eenzame nacht. Ik verloor haar iedere keer als ik wakker werd uit mijn ochtendsluimer en me realiseerde dat er geen levende Judith meer was, alleen een dode.

Hoe vaak ik haar ook in gedachten opriep – hardop als de wanhoop groot genoeg was, vloekend als mijn woede de overhand nam – er gebeurde niets. De nachten waren geladen met een beklemmende verwachting die omsloeg in teleurstelling. Op een zeker moment had het niets meer met liefde uit te staan, maar alles met eenzaamheid. En met onmacht. Zij had het overzicht. Zij kon mij bezoeken, ik haar niet. Ik was het zat om de smachtende, passieve partij te zijn, als een ver- liefde griet die bij de telefoon wacht tot haar vriendje belt. Ik moest iets ondernemen.

Het was natuurlijk een krankzinnig, absurd idee, niets voor mij ook, nuchter als ik ben. Een slecht plan. Helaas kon ik niets beters verzinnen. Ik riep de hulp in van een paragnoste. Een geestenfluisteraar, een medi- um, een waarzegster, of hoe zo'n mens zich ook noemt. Een paar straten verderop woonde een dame die beweerde in contact te staan met overledenen. Ik vond haar altijd een beetje belachelijk. Elke gek kan beweren paranormaal begaafd te zijn. Hang een naambordje op je deur, druk wat visitekaartjes en je bent klaar om zaken te doen met bijgelovige zielenpo- ten die zich vastklampen aan elke strohalm. Het zijn aasgieren van de deplorabele misère van anderen. Valse profeten.

Hoe dan ook, ik ging bij de vrouw langs en maakte een afspraak voor later op de avond.

Tot een kwartier van tevoren overwoog ik om af te zeggen. Het voelde als een nederlaag om bij deze mevrouw aan te kloppen. Het betekende te moeten erkennen dat ik niet zelf in staat was om Judith op te roepen, dat ik daar een zweverig type voor nodig had. Een vreemde die haar nooit gekend had. Toch belde ik, iets vroeger zelfs dan afgesproken, bij haar aan. Het kleine beetje hoop dat ik via haar Judith weer zou zien, won het van mijn trots en mijn scepsis. Ik pakte de strohalm en voegde me bij de bijgelovige zielenpoten.

De vrouw deed open met een andere, wazigere uit- drukking op haar gezicht dan eerder die dag, alsof ze zich al in een andere dimensie bevond. Ze drukte me de hand, keek me even onderzoekend aan en ging me voor naar de woonkamer. Niets in het huis of in haar verschijning duidde op occulte toestanden. Geen gewaden tot op de grond, geen rinkelende armbanden, geen loshangende haren. De vrouw ging gekleed in een keurige pantalon en een vestje van blauwe wol. Op de schoorsteenmantel stonden foto's van man en kinderen. Over de leuning van een stoel lag een krant.

Het was de bedoeling dat we aan de eettafel gingen zitten. Toen we beiden zaten, schonk ze twee glazen water in en streek het tafelkleed recht.

'Is er aan gene zijde iemand in het bijzonder die u op wilt roepen?' vroeg ze.

Dat dacht ik wel, ja. Ik vertelde haar dat ik zocht naar een jonge vrouw die recentelijk was overleden.

'Wat is haar naam?' vroeg de vrouw.

Terwijl ik het antwoord gaf, sloot ze haar ogen.

Daarna opende ze ze weer en zei stralend: 'Juist, ja. Ik krijg een goed gevoel bij haar.'

Uiteraard, dacht ik grimmig, dat wil de klant horen.

Ze stond op en dimde de lichten. Daarna streek ze een lucifer af en stak de kaars aan die op tafel stond. 'Voordat we beginnen, wil ik u zeggen dat er vele manieren zijn waarop een overledene met ons kan communiceren. Zij willen niets liever dan laten weten dat ze er nog zijn, ziet u. En dat ze van hun nabestaanden houden.'

Ik knikte maar wat.

'Goed. Sluit uw ogen en zet uw voeten naast elkaar op de grond. Adem in en uit, tot diep in de zonnevlecht, want adem is de essentie van leven. Adem is het voertuig van de ziel.'

Ik had geen idee waar mijn zonnevlecht zat, en zuchtte diep.

De vrouw zette een plechtige stem op. 'We zijn hier bijeen om de ziel van Judith aan te roepen en op te roepen. O geesten, open uw portaal. Laat haar door, voorbij de wetten van tijd en ruimte, en laat haar afdalen in de wereld van stof. Geest van Judith, beminde Judith, ik smeek u, wees bij ons en maak u kenbaar.'

Ik deed een oog open en observeerde haar. Haar oogbollen rolden onder haar gesloten oogleden naar boven en ze bibberde over haar hele lichaam.

'Ik bespeur een aanwezigheid,' zei ze fluisterend. Met half dichtgeknepen ogen keek ze rond, haar lichaam wiegde nu heen en weer. Toen ging ze ineens stil en kaarsrecht zitten, keek me aan en zei kalm: 'Ze is hier.'

Onwillekeurig rilde ik, mezelf vervloekend dat ik kennelijk ontvankelijk was voor dit soort lariekoek.

'Judith is hier bij ons. Ze wil u laten weten dat het goed met haar gaat. Haar dood kwam als een schok, ook voor haar.'

Jezus. Dat was waar. Hoe kon ze weten dat Judith geen lang ziekbed had gehad? Misschien was het een gok, omdat ik had gezegd dat ze jong was overleden. Een toevalstreffer.

'Deze ziel liet niet altijd het achterste van haar tong zien, maar loog ook niet. Ze werd bemind door velen. Ze had aanzienlijke capaciteiten, die ze nog niet allemaal had aangesproken. Kunt u daar iets mee? Kunt u dat plaatsen?'

Ik knikte. Dat gold voor zo'n beetje iedereen, dus ook voor Judith.

De vrouw hield me scherp in de gaten en ging verder. 'Ze zegt dat ze van u houdt.'

Ja, ja.

Ik besloot haar te testen. 'Niet op een romantische manier, neem ik aan,' zei ik slinks, 'want we zijn familie.'

'Dat bedoelde ik ook niet,' zei de vrouw snel. 'Toen ze zich aandiende, voelde ik meteen dat jullie bloedverwanten waren. Dit is voor mij een prettige bevestiging. Ik put uit mysterieuze bronnen, ziet u.'

Met een ruk schoot de vrouw naar achteren. 'Het licht dat ze bij zich draagt, wordt sterker en sterker. Ik houd het bijna niet uit.' Ze hield haar handen voor haar ogen en snakte onstuimig naar adem.

Christus te paard. Wilde ze me de rest van de voorstelling alsjeblieft besparen?

'Haar licht is zo krachtig dat het me bijna verblindt. Het wordt te veel voor me, ze verschroeit me. Houd afstand, waarde Judith!'

Haar ademhaling normaliseerde. 'O meesters van het licht, wachters van de poorten, ontferm u over deze krachtige, dwalende ziel en breng haar naar huis opdat ze begiftigd zal worden met vrijheid, wijsheid en vreugde.'

Ik bekeek het tafereel eens goed. Judith was nergens te bekennen. De vrouw was zich er niet van bewust dat er een oude man in haar linkeroor stond te schreeuwen en dat er een meisje bij haar voeten speelde. Ze had geen idee. Deze brave dame had de deur naar het schimmenrijk open gedaan, maar zag geen hand voor ogen.

Ten slotte kwam de vrouw weer tot zichzelf en bleef me glimlachend aankijken, waardoor ik begreep dat het tijd was om af te rekenen. Merkwaardig kalm pakte ik mijn portemonnee en legde een paar biljetten op tafel.

Kun je iets verliezen wat nooit van jou is geweest? Kun je een persoon überhaupt bezitten?

Dat vak van jou, als ik zo vrijpostig mag zijn, doet het tegendeel vermoeden. De mannen die hier komen, het getrouwde deel ervan... dat is het grootste deel, zeg je? Die getrouwde mannen, wat zoeken ze bij jou? Heb jij je dat ooit afgevraagd?

Hun lusten bevredigen. Natuurlijk. Machtig zijn, terwijl ze in het dagelijks leven zo vaak onmachtig zijn. Allemaal mogelijk.

Ik zal je zeggen wat ik denk dat de dieper liggende reden is van hun hoerenbezoek: geen eigendom willen zijn van iemand. Hun vrijheid benutten – heimelijk of openlijk, dat doet er niet toe. Hun seksuele vrijheid benutten, dat natuurlijk symbool staat voor persoonlijke vrijheid, zoals seks voor alles symbool staat.

Het geslachtsdeel van een man verdraagt geen gevangenschap. Vrijwillige opsluiting, even, dat lukt nog wel. Maar op de lange duur moet elke man voelen een man te zijn en, plat gezegd, zelf bepalen waar hij zijn pik in steekt.

Plus: mannen hebben geheimen nodig. Dingen stiekem doen geeft ons het gevoel dat er nog iets in ons leeft dat onaangepast is, dat niet is ingedamd door de bemoeienis en betutteling van de vrouwen in ons leven. Dat we om die vrouwen te bedonderen weer andere vrouwen nodig hebben, is alleen maar vrolijke ironie.

Met kinderlijke voldoening bewaren getrouwde mannen hun geheim, scheppen er onderling over op, maar kijken wel goed uit om het aan hun echtgenotes op te biechten. Het is niet de bedoeling dat er thuis hommeles komt. Die gevangenschap bevalt hen namelijk best. Ze zullen het niet snel toegeven, maar zolang zij zichzelf van tijd tot tijd kunnen wijsmaken *eigenlijk* nog vrij te zijn, koesteren zij zich in de comfortabele, knusse, verstikkende zorg van moeder de vrouw. En liggen ze elke nacht volkomen tevreden tegen haar billen te slapen.

En waarom doe jij dit werk? Om het geld? Dat is te makkelijk. Misschien zit jij wel in de prostitutie om dezelfde reden dat je klanten bij je aankloppen en je geliefden je hebben bedrogen: vrijheid, autonomie. Van iedereen zijn die betaalt, betekent eigenlijk van niemand zijn.

11

Ik had nooit veel gedachten aan Egbert gewijd, maar sinds ik min of meer tegen hem op was gebotst in de stad, kwam hij voortdurend in mijn hoofd op. Egbert, die blaaskaak tegen wie ik zoveel weerzin voelde, was de enige persoon die me meer inzicht in Judith kon geven. Nu ze me al zo lang niet meer had bezocht was hij, uitgerekend hij, mijn toegang tot haar. Mijn obsessie moest gevoed worden. Bovendien wilde ik vrij zijn van illusies en sentimentaliteit. Ik wilde dichter bij de waarheid komen, om zo dichter bij haar te komen.

Iets zei me dat ik Egbert niet in zijn huis aan de gracht zou aantreffen. Ik liep regelrecht naar de sociëteit, die vervloekte sociëteit waar ik me normaal gesproken niet zou vertonen, al zouden ze er het laatste biertje van de stad tappen.

Bij de garderobe werd me gevraagd naar mijn lidmaatschap. Daar had ik niet op gerekend. Ik overwoog om beledigd weg te lopen, maar bedacht me en loog dat ik een afspraak met Egbert had.

De goede man bleek er inderdaad te zijn. Hij zat alleen, aan een hoekje van de bar. Toen ik binnenkwam, keek hij even op. Er was niet de geringste verrassing op zijn gezicht te lezen, het was alsof hij me al verwachtte.

Behoedzaam schoof ik naast hem aan de bar. Ik moest mijn vragen niet te gretig stellen. Ik zou moeten peilen, aftasten, op spitsroeden lopen. Om mezelf een houding te geven, stak ik een sigaret op.

Egbert wenkte het meisje achter de bar en toen zij voor hem stond, informeerde hij wat ik dronk.

'Hetzelfde als jij,' zei ik en wees op zijn glas bier.

Terwijl het meisje wegliep, keek hij naar haar kont. De weduwnaar had nog steeds oog voor de vrouwtjes, dacht ik geërgerd, de rouw had hem niet blind gemaakt. Onmiddellijk corrigeerde ik mezelf en dacht aan mijn hoerenbezoek. Ik was geen haar beter. Er bestaat nu eenmaal een incongruentie tussen driften en hartzeer. Bovendien kon de taxerende blik op de billen van het barmeisje niet meer dan een gewoonte zijn. Ook daar wist ik alles van.

Het meisje zette, zich van dit alles niet bewust, twee glazen bier voor ons neer.

Egbert hief zijn glas en zei op wrange toon: 'Op het rijk van het vloeibare vergeten.'

Ik bekeek hem eens goed. Hij oogde vermoeid. Hij had zijn branie behouden, maar het was alsof hij er zelf niet meer in geloofde. Het verdriet had hem loom, zwaar gemaakt.

'Hoe staat het met dat vergeten?' vroeg ik.

Hij trok even zijn schouders op, een bijna kinderlijk gebaar. 'Je weet hoe dat gaat met verdriet: je moet het uitzitten. Het gaat voorbij. *Ça passera.*'

Daar was het weer, die pseudo-geleerdheid die me zo op de kast kon jagen. Hij liet geen gelegenheid onbenut om een Franse, Italiaanse of Latijnse uitdrukking te bezigen terwijl je die dingen net zo goed in het Nederlands kon zeggen. Ik verdacht hem ervan dat hij zijn arsenaal aan exotische zegswijzen, geschikt voor uiteenlopende gelegenheden, ooit van buiten had geleerd. Aan de andere kant gaf hij geen enkele blijk van vals sentiment, wat voor hem pleitte.

'Het gaat me niet aan, maar hoe hebben Judith en jij elkaar eigenlijk ontmoet?' vroeg ik gespeeld achteloos.

'Via haar vader, Abraham Rosenberg, die net als ik jurist is,' antwoordde hij. 'Een zeer gerespecteerde confrère, mag ik wel zeggen. Bram stamt uit een juristenfamilie met een goede naam. Kundig, serieus, eervol. Hij nam zijn dochter wel eens mee naar feestjes en gelegenheden. Zo heb ik Judith ontmoet.'

Hij keek me onderzoekend aan, alsof hij wilde zien of ik wel echt geïnteresseerd was, en praatte toen verder.

'In die tijd was zij achtentwintig en ik vijfenveertig. Ik weet wat je denkt: man die alles al gezien heeft, pakt jong, naïef grietje in, maar zo was het niet. Judith had iets ouwelijks in haar uitstraling, een soort verfijnde elegantie, alsof ze eigenlijk in een andere, meer voorname tijd had moeten leven. Het zou hooghartig hebben geleken als ze niet ook iets puurs had. Ik was niet de bemiddelde, wereldwijze man die haar wel even zou imponeren; ik had eerder het idee dat zij mij het een en ander kon leren. Er leek in ieder geval niet veel te zijn wat haar uit haar baan kon slingeren.

Ik herinner me dat ik haar pas echt opmerkte toen ik voor het eerst met haar danste, op een of andere charitatieve avond. Ze was geen opvallende verschijning, maar toen ik haar in mijn armen had, voelde ik haar fragiele lichaam en zag ik de intelligente, waakzame blik in haar ogen. Die combinatie van kracht en kwetsbaarheid, die raakte me. Toen ik haar beter leerde kennen, ontdekte ik dat haar interesse in de kunsten niet geveinsd was, zoals bij de meeste meisjes van deftige afkomst, maar oprecht. Ze had het conservatorium doorlopen en liep stage bij een van de gezelschappen in de stad. Haar piano te zien spelen, zoals een enkele keer gebeurde op een feestelijke gelegenheid, haar in vervoering te zien… ik móest haar hebben.'

Hij schraapte zijn keel. '*Alea iacta est*. De teerling was geworpen, er was geen weg meer terug.'

Ja, ja. Bespaar me de vertaling.

'Judith bestond in haar muziek,' zei ik.

Egbert keek me verbaasd aan. Mijn droeve toon stond in zijn ogen natuurlijk in geen verhouding tot mijn bescheiden relatie met haar. Ik moest voorzichtiger zijn.

'En hoe heb je haar weten te verleiden?' vroeg ik om de aandacht weer op hem te richten.

'Ze leek me te mogen, maar mijn toenaderingspogingen leidden tot niets. Toch moedigde ze me net genoeg aan om me niet helemaal de hoop te doen verliezen. Ze was graag in mijn buurt, zo veel durfde ik te geloven. En ze vond me aantrekkelijk, dat merkte ik aan haar blikken en vooral aan haar beschroomd wegkijken als ik die blikken beantwoordde.'

Ik slikte. Wilde ik dit allemaal wel weten? Mijn vorsen naar waarheid begon aan te voelen als zelfkwelling.

'De goedkeuring van haar vader betekende veel voor haar. Dat wist ik. Daar maakte ik gebruik van. Hem voor me winnen, betekende haar voor me winnen. Ik was, ondanks ons leeftijdsverschil, een goede partij. Mijn positie en reputatie spraken in mijn voordeel. Dat ik niet joods was, leek geen probleem. Judith was niet religieus opgevoed. Alleen op feestdagen ging de familie Rosenberg naar sjoel. Van rituelen werd de culturele waarde ingezien, de bindende functie, maar eigenlijk was het veelvuldige theater- en concertbezoek hun kerkgang. Kunst waarderen was hun manier om het geloof in schoonheid en goedheid te voeden.'

Kunst als troost: dat had ik de eerste keer dat ik Judith in de schouwburg sprak dus goed ingeschat.

'Haar vader hield er een seculiere moraal op na. Nadat hij als kind in een concentratiekamp geconfronteerd werd met het absolute kwaad, kon hij niet langer geloven in een door God verordonneerde orde en moraal. De mogelijkheid dat de God van Abraham, Isaac en Jakob dat goedkeurde, verwierp hij. De Almachtige was de Almachtige niet, anders was de Almachtige niets minder dan een duivel. Het kwaad zit in de mens, was zijn conclusie. Dat inzicht had hij niet gekregen door de buren die zwegen terwijl hij met zijn gezin uit hun huis werd gezet, ook niet door de verraders die hem en zijn zusje van hun schuiladres beroofden, zelfs niet door de kampbewakers. Dat inzicht kreeg hij door zijn medegevangenen. Moeten overleven, brengt het slechtste in mensen naar boven. Hij vervloekte de Duitse overheersers die zijn naasten in die situatie hadden gebracht, maar hij had het kwaad gezien, van dichtbij. Hij had het gezien in de gevangenen die anderen verraadden, logen en moordden voor een stuk brood, voedsel stalen van zieke familieleden, hun ziel verkochten om in leven te blijven. De mens is zijn eigen duivel, zijn eigen beul, heeft hij eens tegen me gezegd.

Nooit heb ik hem zich horen beklagen, er was geen slachtofferschap in hem te bespeuren. Dat zou indruisen tegen zijn trots. Hij was diep vernederd en gekwetst, een gebroken man, maar hij jammerde niet, boog niet, wankelde niet. Hij stond pal. Een mens kan alleen zijn waardigheid behouden door zijn lot te accepteren, in stijl en met goede manieren, vond hij. Zonder waardigheid kon een mens net zo goed dood zijn, *beter* dood zijn. Dat klinkt hoogdravend, maar het is gespeend van elke pathos. Voor hem was het een halszaak.'

Het beeld van de taaie, oude heer aan het graf van Judith kwam in me op, hoe hij als een vreemde toeschouwer te midden van al het verdriet stond. Dat móest haar vader zijn geweest.

'Mensen zijn onbetrouwbaar, onvolmaakt, gebrekkig. Waarschijnlijk heeft de oude Rosenberg daarin gelijk. God weet dat ik mijn aandeel in ellende heb aangericht, vooral in liefdeszaken. De laatste vrouw die ik verlaten heb, was mijn vorige echtgenote, een paar maanden nadat ik Judith ontmoette. Natuurlijk was mijn verliefdheid op Judith de reden dat ik de scheiding aanvroeg, maar eigenlijk was mijn huwelijk al veel langer niet wat het zijn moest. Een mooie en hyperintelligente vrouw ontmoeten en voelen dat je voor haar valt, is niet meer dan de aanleiding om de miserabele staat van je huwelijk onder ogen te zien.

Gevoelens zijn vergankelijk, zelfs de meest hevige gevoelens. Dat is, zeker in de liefde, een onverdraaglijke gedachte, maar toch is het waar. Je kunt iemand met heel je wezen hebben begeerd, bemind, aanbeden en dan ineens is de noodzaak weg om bij die persoon te zijn. Je voelt je beroofd, bedonderd door je eigen hart, je gelooft het aanvankelijk niet. Vervolgens wil je de oude gevoelens terugredeneren, opeisen, maar ze zijn je al door de vingers geglipt.

Ik ben vaak de beul geweest. Meestal negeerde ik het besef dat mijn passie gedoofd was, begroef me in mijn werk, zoals dat heet, en vree als een bezetene met de desbetreffende vrouw. Maar dan kwam er een moment dat ik haar zag zitten, op de bank of tegenover me in een restaurant, en bekeek ik haar ineens met een merkwaardige distantie. De gloed die de geliefde al die tijd had omgeven, was verdwenen. Ik wist: het is voorbij. De ander was weer een vreemde. Een dierbare vreemde, dat wel. En het is schokkend hoe snel de ander na het verbreken van de relatie weer werkelijk een vreemde is geworden.

Je kunt iemand verlaten en nog steeds van die persoon houden. Je kunt iemand verlaten ook al vermoed je dat je nooit meer iemand vindt die zo veel van je houdt. Het doet er kennelijk niet toe hoe veel de ander van jou houdt. Andermans liefde blijkt niet uit te maken. Er is maar één gegronde reden om bij iemand te zijn: omdat jij niet zonder haar kunt leven. Omdat je een absolute, godvergeten noodzaak voelt om bij haar te zijn.'

Hij zuchtte mistroostig. 'En nu heeft een vrouw mij verlaten, door te sterven. Helaas doet de dood niets af aan mijn gevoelens.'

'Dat is een nietig detail voor iemand die liefheeft,' zei ik instemmend.

Egbert keek even verstoord op en ging toen verder.

'Waarom Judith zo jong moest sterven, ik kom er niet uit. Valt het te begrijpen? Dat zou betekenen dat er een groter plan bestaat dat wij vanaf hier niet overzien, dat iedereen een bepaalde tijd op aarde heeft en dat dat van tevoren vastligt. Sommige mensen – ze bedoelen het vast goed – verzekeren me dat het zo heeft moeten zijn en niet anders. Dat het een uitwerking van karma is, of van het noodlot. Die lijdzame berusting, die onttrekking van de verantwoordelijkheid van de mens in hoe de dingen zich voltrekken, ik kan er niet tegen. Het is een zwaktebod. En spirituele kalmeringspil. Ik geloof er niet in.

Soms heeft een mens gewoon pech. Als er zoiets als vrije wil bestaat, als er zoiets als oorzaak en gevolg bestaat, dan kun je vette pech hebben met hoe de dingen uitpakken. Die spirituele types doen alsof karma een soort uitgemaakte zaak is die altijd maar berust op gebeurtenissen in het verleden. Als iedereen een vrije wil heeft, dan kan iemand door fouten of boze opzet anderen benadelen. Ja toch? Als je in het heden handelt, kun je toch ook nieuw karma aanmaken? Dat zou betekenen dat Judith het slachtoffer zou kunnen zijn van keuzes van haarzelf en van anderen, van oorzaken en gevolgen. Niks noodlot of schikgodinnen. Het is zo gelopen, maar het had ook zomaar anders kunnen lopen. Dat idee maakt me dol.'

Hij schudde met zijn hoofd om de gedachte te verjagen. Dat gebaar trof me. Zijn verdriet was diep, zuiver, oprecht.

'Mijn huwelijk is niet mislukt,' had Judith me toegebeten. Ik zag nu in dat dat geen mooi weer spelen was. Ik was er niet zeker van wat dat voor ons betekende; of het iets afdeed aan wat wij hadden of dat het juist een teken was van de hevigheid van onze gevoelens dat we daardoorheen braken.

Nu ik je dit allemaal vertel, zie ik pas de absurditeit van de situatie in, en de morele verwerpelijkheid ervan. Ik stond een weduwnaar bij in zijn rouw, terwijl ik een verhouding met zijn dode vrouw onderhield. Dat is tamelijk verachtelijk. Bovendien vraag ik me af of je de ontmoetingen van Judith en mij feitelijk gezien kunt beschouwen als vreemdgaan van haar kant. Niet, denk ik toch. Een huwelijk tussen man en vrouw is van kracht 'tot de dood hen scheidt'. De dood had hen gescheiden en ons bij elkaar gebracht.

Ze was post-mortum mijn bruid.

Of ik nog eens naar een voorstelling van *Così fan tutte* ben gegaan, vraag je? Eén keer. Het klavecimbel werd uiteraard bespeeld door een andere musicus. Dat wist ik van tevoren, en toch deed het pijn iemand anders achter het instrument te zien zitten. Mozart zelf heeft die taak vaak op zich genomen bij deze voorstelling, trouwens. In die tijd was het gebruikelijk dat een opera muzikaal geleid werd door de componist. Een Duitse schrijver die aanwezig was bij een van die gelegenheden, schreef dat Mozart vanaf het moment dat hij in de orkestbak stapte, uitgroeide tot een man van een hogere orde. Zijn ziel steeg op en al zijn aandacht richtte zich op dat waarvoor hij was geboren: zijn muziek. Judith had die rol kunnen vervullen, maar misschien maak ik me nu weer schuldig aan postume verheerlijking.

Het duurde niet lang voor ik me verloor in de muziek. In muziek is alles vloeibaar. Alles wat je bezighoudt, al je gedachten, zorgen en twijfels lossen erin op en als de klanken wegsterven, voel je je anders dan ervoor. Muziek transformeert. 'Muziek mag nooit het oor beledigen,' zei Mozart ooit. Muziek moet muziek blijven.

Hij zou nu raar opkijken. We leven in een tijd waarin alles om het beeld draait. Onze oren worden getraind niet te horen. We worden gebombardeerd met herrie, stampende beats in kledingwinkels, liftmuziek, muzikaal behang. Het is een plaag, ik heb er een gloeiende hekel aan. Luister naar muziek of luister niet. Goede muziek verdient je onverdeelde aandacht. En anders prefereer ik de stilte.

De tekst van *Così fan tutte* raakte me alsof die nieuw voor me was, alsof ik die niet zelf vertaald had. Achteraf gezien had het een eigenaardige, voorspellende waarde.

Ik herinner me dat ik rechtop in mijn stoel ging zitten toen Dorabella haar aria inzette, waarin ze wanhopig is nadat haar geliefde als officier naar de oorlog gezonden wordt, omdat ze ervan overtuigd is dat ze hem nooit meer levend terug zal zien. In haar slaapkamer, met de ramen gesloten, beklaagt ze haar lot.

'Onverzoenlijke verlangens die me martelen,
gaan tekeer in mijn wezen
tot deze zielensmart me doodt.
Ik zal een armzalig voorbeeld
van tragische liefde zijn
om de Furies mee te voeden, en als ik blijf leven,
rest slechts het angstige geluid van mijn zuchten.'

12

Waar was ik gebleven? Ik moet in slaap zijn gesukkeld. Hoe laat is het? Over vieren?

Die week bracht ik alle avonden door in de sociëteit. Als een hongerige straathond keerde ik terug naar de ruimhartige buurtbewoner die me korsten brood had toegeworpen. Ik kreeg stukjes Judith te zien die ik nog niet kende en ik kon er geen genoeg van krijgen. Ironisch genoeg moest ik daarvoor de vijand opzoeken. Of ach, misschien is het wel juist en alleen de vijand die troost kan bieden als de oorzaak van de oorlog is weggevallen. Je probeert verder te leven, je aandacht naar andere zaken te verleggen, maar ontdekt dat de oorlog de reden van je bestaan is geworden.

Ik ging naar Egbert toe, omdat ik niet anders kon.

Waarom hij vervolgens met zo veel openhartigheid met mij praatte? Dat vroeg ik me destijds ook af. Ik moest mezelf vooral niet te veel eer toewuiven. Waarschijnlijk was er gewoon niemand anders. Hij wilde praten en ik was er om te luisteren. Of misschien was het beschamender: hij liet het achterste van zijn tong zien omdat ik niet een van de mensen was die hij wilde imponeren. Ik miste de status en het prestige, dus die moeite kon hij zich besparen.

Inmiddels weet ik beter – waarom, dat wil ik je nu nog niet zeggen. Laat me eerst nog vertellen hoe het verder ging. Voor nu zullen we het erop houden dat

Egbert me zijn onthullingen deed omdat ook hij niet anders kon.

Die avond was Egbert al flink aangeschoten toen ik binnenkwam. Hij keek verstrooid op toen ik naast hem ging zitten. Met een achteloos gebaar, dat hij zich ooit moest hebben aangemeten en dat door de jaren heen een ingesleten gewoonte was geworden, haalde hij een hand door zijn te lange haar. Nu het grijsde, oogde dit kapsel niet langer studentikoos of nonchalant, maar onverzorgd.

'In elke hotelkamer in de westerse wereld worden je drie zaken aangeboden om de verveling te verdrijven,' zei hij alsof we al uren aan het praten waren en hij me een laatste observatie wilde voorleggen. 'Er zijn drie verleidingen aanwezig: de Bijbel, de minibar en het betaaltelevisiekanaal met pornofilms. Religie, drank en seks. Daar komt het op neer. Dat is de wereld.'

Hij wekte de indruk tegen zichzelf te praten en leek zich amper van mijn aanwezigheid bewust.

'Mensen beschouwen die zaken als tegenpolen,' zei hij en priemde met zijn wijsvinger in de lucht. 'Dat is onterecht. De hedonist en de monnik verschillen minder van elkaar dan ze denken. Beiden zoeken ze een vervulling van hun verlangens, beiden zijn genotzuchtig. Religie is een begeerte van de ziel, het verlangen naar verlichting, de liefde van God; drank is een begeerte van de geest, het verlangen naar het verborgen zelf; seksualiteit is de begeerte van het lichaam, het verlangen naar plezier en de verbinding met een ander mens. Ze staan voor de drie werelden die samen een zijn: religie hoort bij de bovenwereld, seks bij het aardse leven oftewel de middenwereld en drank hoort bij de demonen van de onderwereld.'

Het klonk even plechtig als lachwekkend.

'Ik heb daar veel over nagedacht,' zei hij.

Dat geloofde ik graag.

'Judith kende de kracht van seks.'

Hij zei het terloops, maar mijn hart ging er onmiddellijk sneller van slaan. Ik wist niet of ik er wel klaar voor was om te horen hoe haar seksleven met hem was geweest.

'Zo bedachtzaam en geremd als ze in het dagelijks leven was, zo onverschrokken stortte ze zich op de lichamelijke kant van de liefde. Alleen, ze daalde af in haar eigen diepten in plaats van zich met mij te verbinden. Als ik met haar vrijde, raakte ik haar op een gegeven moment kwijt. Ik praatte tegen haar, keek haar in de ogen om haar bij me te houden, maar ik kon niet verhelpen dat ze in haar extase van me wegdreef. Een warm, verlangend lichaam en een gesloten geest. Daar gaat een man aan kapot.' Hij keek me voor het eerst die avond recht aan.

'Dat kan ik me voorstellen,' zei ik onbeholpen.

'Je hebt er geen idee van.'

Ik liet het passeren, vroeg niet door omdat ik er niet zeker van was dat ik meer van die nietsontziende openhartigheid aan zou kunnen.

De barkeeper zette twee glazen bier voor ons neer. Zwijgend namen we een slok en veegden het schuim van onze lippen.

Egbert hervatte zijn relaas, ongevoelig voor mijn terughoudendheid. 'Judith was een onneembare vesting. Haar geest was van haar en van haar alleen.

Als ze me eens iets van haar gevoelens liet zien, was het alsof ze me een bijzondere gunst verleende. Zoiets maakt je krankzinnig.

Haar hoffelijkheid was een schild om mensen op afstand te houden. Ze voerde een koude oorlog tegen de wereld, een stil verzet tegen de alledaagse werkelijkheid. Ze bezat een verstrooidheid, een blindheid voor praktische zaken die haar goed uitkwam. Ze beschouwde het als tijdverspilling om zich met boodschappen, het huishouden en dergelijke toestanden bezig te houden. De kunst kon ze aan, het verhulde, het poëtische, maar voor de banale werkelijkheid sloot ze zich af. Dat regelden anderen maar voor haar, de grofbesnaarde niet-kunstenaars.

Ze haalde haar neus op voor geldzaken. Praten over geld, of het nu ging over het verwerven of het uitgeven ervan, vond ze banaal, ordinair. Wel aanvaardde ze zonder bijgedachten de toelage van haar vader tijdens en na haar studie en vond ze het niet meer dan vanzelfsprekend dat ik, haar echtgenoot, zou zorgen dat het haar aan niets ontbrak en dat ze haar muziek kon blijven spelen.

Het was voor haar geen contradictie om geld aan te nemen en soeverein te zijn. Het waren omstandigheden waaraan ze gewend was en waarvoor ze zich niet hoefde in te spannen. Ze vond het normaal dat iedereen toesnelde om haar wensen te verwezenlijken nog voor ze ze had uitgesproken. Ze was te welgemanierd om het te vragen, maar die noodzaak was er ook niet, want de mensen waren haar al voor. Dat effect had ze op mensen. Ze kon verkwistend zijn, een fortuin uitgeven aan leren handschoenen als het koud was, omdat ze vergeten was dat ze nog twee paar in de kast had liggen. Ze had geen notie van de waarde van geld, maar er in ruime mate toegang toe hebben, was wel een vereiste om zich veilig te voelen.

Ja, ze was egocentrisch, zoals alle kunstenaars. In zichzelf verzonken, zou ik liever willen zeggen. Het was geen ijdelheid; het was voor haar van levensbelang. Het was haar natuurlijke staat om met haar aandacht naar binnen gekeerd te zijn en af en toe behoedzaam de werkelijkheid buiten haar in zich op te nemen. Bij de meeste mensen is het andersom: pas als ze moe zijn van alle prikkels uit hun omgeving staan ze even stil bij wat ze zelf voelen, wat ze zelf ook alweer vinden, totdat ze die reflectieve stilte voor verveling verslijten en zich weer gretig naar buiten richten om zich te voeden. Als Judith te lang in gezelschap had verkeerd, werd ze misselijk en duizelig. Als we dan thuiskwamen, trok ze zich terug, speelde of luisterde naar muziek en kreeg weer wat kleur op haar wangen.

Ze schrok terug voor emotionele intimiteit. Dat ervoer ze als een inbreuk op haar binnenwereld. Al te veel aandacht en interesse voor mij, haar levenspartner, hoefde ik ook niet te verwachten. Zij was nauwelijks op de ander gericht. Daarom wilde ze ook geen kinderen, denk ik. Geen onverstandige keuze, want ze was totaal ongeschikt geweest als moeder. Zij wist dat ik op dat gebied niets van haar verwachtte, omdat ik al opgegroeide kinderen uit mijn eerste huwelijk had en dat moet haar gerust hebben gesteld.

Ik leerde tevreden te zijn met kleine blijken van toenadering en intimiteit. Ik las tekenen van haar gedachteleven in haar gebaren, haar mimiek, de woorden die ze koos en de toon waarop ze sprak. Na verloop van tijd ontdekte ik daar een grote rijkdom in. Ze liet zich kennen via een omweg: ze kon vurig over allerhande onderwerpen praten, van literatuur tot filosofie, haar meningen verkondigen en verdedigen, zolang het maar niet over haarzelf ging. Op de meeste momenten had ik daar vrede mee. Je moet een vrouw haar geheimen gunnen, dacht ik.

Op andere momenten vervloekte ik haar ongenaakbaarheid en ontoegankelijkheid. De kunstenaar in haar nam zo'n groot deel van haar persoonlijkheid in beslag, dat er verdomd weinig overbleef voor mij. Al haar gedachten, al haar gevoelens, verdwenen in haar kunst, in haar muziek. Het slokte het mooiste op wat ze in zich had. Ik voelde me buitengesloten. Tweederangs. Het is goddomme niet makkelijk om naast iemand te leven die haar kern voor je verborgen houdt.'

Ik had even tijd nodig om van al deze informatie bij te komen. Wat ik bij Judith voor eigenzinnige terughoudendheid had versleten, bleek een heimelijke angst voor mensen, voor het gewone leven te zijn. Wat ik voor onverschilligheid had gehouden, een niet-materialistische inslag, bleek verwendheid te zijn. Onthecht genieten van bezit, dat is een luxe die alleen de bemiddelden zich kunnen permitteren. Ze nam voor lief dat anderen zich inspanden, zodat zij haar leven aan de kunst kon wijden. Ze was een prinses op de erwt. Een wereldvreemde opportuniste. Instinctief en niet berekenend, weliswaar, maar toch.

Dit alles zou ontluisterend moeten zijn. Ik zou

gedesillusioneerd achter moeten blijven na dit verhaal. Ik realiseerde me dat dat precies mijn onbewuste opzet was geweest.

Ik had mezelf wijsgemaakt dat ik Egbert nodig had om Judith te vinden, om dichter bij haar te komen door precies te weten wie ze was. Nu begreep ik dat ik hem had opgezocht om haar van me af te schudden. Ik wilde de betovering verbreken, haar macht over mij vernietigen. Diep vanbinnen hoopte ik dat ik mijn obsessie voor haar kon overwinnen door van de muze een vrouw van vlees en bloed te maken. Het engelachtige beeld van haar dat ik zelf had opgebouwd en in stand hield met mijn dromerijen, moest worden afgebroken als verweer tegen deze gekmakende ver-liefdheid.

Je zou denken dat ik me van haar af zou keren nu mijn ideaalbeeld van haar was beschadigd, maar de waarheid was dat ik alleen maar meer van haar hield nu ik haar kwetsuren kende. Het kennen van haar ver-wondingen en tekortkomingen ondermijnde mijn lief-de voor haar niet, het verdiepte deze alleen maar. Mijn eerdere beeld van Judith, van de muze, was een proef-model geweest. Nu was er de voltooide versie, die waarachtiger en beminnelijker was.

Ik stelde Egbert de vraag die al vanaf het begin van onze ontmoetingen op mijn lippen lag. 'Waarom hield je van haar?'

'Ik zal je vertellen waarom. Ze zei dingen waarvan ik pas wist dat ik ze wilde horen nadat ze ze had uitge-sproken.'

Hij liet een dramatische stilte vallen.

'Dat is het romantische antwoord. De meer banale

waarheid is, en die heb ik mezelf pas kort geleden toegestaan te accepteren, dat ik haar nodig had om een
rol te vervullen. Zij was mijn, hoe zal ik het zeggen,
morele deurwaarder. Bij haar kon ik mijn rekeningen
en schulden vereffenen. De zondaar is altijd op zoek
naar het vonnis. Ik zocht haar afkeuring of goedkeuring, omdat mijn eigen oordeel geen gewicht voor me
had. Ik wilde mijn liederlijkheid, mijn gulzigheid, mijn
ijdelheid laten temperen door haar ernstige deugdzaamheid. Ik wilde dat ze me tegen mezelf bescherm-
de, alleen maar door er te zijn. Ze hoefde niets te zeggen, een blik volstond. Vooruit, misschien hoopte ik
wel dat ze al mijn slechte eigenschappen kon wegpoet-
sen of dan ten minste inperken.'

Hier zat iemand die geen enkele poging meer deed
zijn zwakheden te verbergen, die liet zien dat zijn branie niet zozeer voortkwam uit arrogantie, als wel uit
een onderdrukt minderwaardigheidsgevoel. Ik had
verondersteld dat Egbert het te druk met zichzelf had
om aandacht te hebben voor een ander, maar hij bleek
heel goed in staat om anderen te lezen en ter wille te
zijn. Hij had Judith doorzien en had zich geschikt naar
haar behoefte aan privacy, omdat hij wist dat hij haar
anders zou kwijtraken.

Die andere vraag stelde ik hem niet. De enige vraag
die ertoe deed. De vraag of ze na haar dood ooit aan
hem verschenen was.

Ik stelde de vraag niet, omdat ik te laf was om het
antwoord te horen. Als hij 'ja' zou antwoorden op deze
vraag, zou ik jaloers zijn. Ik zou precies dezelfde jaloezie voelen als ze nog geleefd had, getrouwd was geble-

ven en mijn minnares zou zijn. Erger nog, ik zou jaloerser zijn, omdat ik me niet langer de enige uitverkorene kon voelen die ze, in het licht van de eeuwigheid, in het zicht van de godvergeten eeuwige jachtvelden, wilde bezoeken.

Als het antwoord 'nee' zou zijn, zou dat me ook niet tevredenstellen. In eerste instantie zou ik me gestreeld voelen. Daarna zou ik me afvragen waarom ze in de dood míj opzocht, en niet haar rijke echtgenoot. En of dat iets te maken had met het feit dat ze in deze toestand geen bontjassen en dure leren handschoenen meer kon dragen.

13

'Die avond, toen jullie samen Schubert speelden...' zei Egbert op vragende toon. Hij keek me behoedzaam aan.

Ik knikte.

'Het was niet eens zozeer de intimiteit waarvan ik ongewild getuige was, de woordeloze saamhorigheid tussen jullie. Nee, het was de snelheid waarmee ze nadien opstond. Hoe ze zichzelf wakker schudde uit een droom, zich innerlijk streng toesprak en zich hernam. Hoe ze ervan vluchtte. Dat kende ik van haar. Als ze voor haar gevoel iets deed wat botste met haar overtuigingen, iets wat in haar ogen ongepast, onbetamelijk of immoreel was, schrok ze terug. Haar hartstochten botsten vaak met haar overtuigingen. Haar overtuigingen wonnen altijd.

Die karaktertrek minachtte ik in haar, dat gebrek aan spontaniteit, altijd maar principieel en consciëntieus zijn. Tegelijkertijd wist ik dat ik aan die eigenschap haar gezelschap te danken had. Ze had voor me gekozen en zou bij me blijven.'

Ik keek hem aandachtig aan. Waar wilde hij heen?

'Ik was ervan uitgegaan dat ze liefde voor me voelde. Dat ze me althans alle liefde schonk die ze in staat was een ander mens te geven. Ik dacht dat het haar natuur was om gesloten te zijn, dat niemand toegang had tot haar diepste kern. Die avond zag ik hoe ze buiten zichzelf trad. Dat was niet nieuw voor me, dat had ik vaker gezien wanneer ze piano speelde. Ze verlaat haar veilige kaders en begint te zweven.

Dit keer was het anders. Nu opende ze zich en bewoog ze naar jou toe. Wat ik met al mijn liefde en toewijding in jaren niet voor elkaar had gekregen, was jou in een paar weken gelukt. En ze wist het. Ik zag haar schrikreactie, ze had heel goed door wat er aan de hand was. Het lag niet aan haar aard, in ieder geval niet alleen aan haar aard, het lag ook aan ons. Dat is de treurige en vuige waarheid die ik onder ogen moet zien.'

'Er is niet een enkele waarheid,' zei ik zacht.

'Die is er wél. Alleen is die veel complexer en veel-lagiger dan wij kunnen bevatten. We kunnen deeltjes, stukken van de waarheid in zicht krijgen. Als dat gebeurt, brengt het een schokje teweeg, zoals altijd wanneer er iets op z'n plaats valt, als het juiste woord je te binnen schiet of als je je plotseling iets belangrijks herinnert. Wij kennen de waarheid niet helemaal, misschien wel nooit, maar we weten het dondersgoed als we die waarheid dichter benaderen dan ooit. Ik had gefaald om toegang tot haar te krijgen, jij was erin geslaagd, dat zijn de feiten.'

Ik wilde protesteren, maar Egbert maakte een afwerend gebaar.

'Het is al goed. Het is geen verwijt, het is een constatering.' Hij lachte met iets van zijn oude bravoure. 'De jongens met gitaren en piano's krijgen altijd de mooiste meisjes, nietwaar?'

Ik grijnsde ongemakkelijk.

'Dat alles kon ik die avond nog niet onder ogen zien. Net zomin als bij de keren dat ik zag hoe ze ging stralen als ze over je sprak, als ze naar je keek. En de keer dat je zo veel woede in haar losmaakte.'

Ik moet verbaasd hebben gekeken.

'Woede, ja. Ik zag hoe jullie op de première, haar laatste avond, tegenover elkaar stonden. Ze zag eruit alsof ze je wilde aanvallen. Je had haar in het nauw gedreven en ze stond klaar om uit te halen. Uiteindelijk liep ze weg, zoals ze gewoon is te doen. Ik weet niet wat je gezegd hebt, maar ik zag jouw vermogen om haar te raken. Terwijl ik, godbetert, vlakbij stond, vijf meter verder. Open en bloot liet ze zich kennen. Daarom zette ik het op een zuipen, daarom ging ik vroeg naar huis, daarom stapte zij alleen in de auto en ging ze haar dood tegemoet. Omdat ik niet de moed had het te erkennen en er iets tegen te ondernemen. Ik draag schuld aan haar dood.'

'Wij allemaal,' zei ik. 'En tegelijk draagt niemand schuld. Zoiets is onverklaarbaar, niet te bevatten. Alles wat we erover denken te weten, waarom iemand sterft, bedoel ik, schiet tekort.'

Egbert bleef recht voor zich uit kijken. Uit niets bleek dat mijn woorden tot hem doordrongen.

'Mensen kletsen, ratelen de hele dag door,' zei hij peinzend, 'maar het belangrijkste laten ze ongezegd. Vooral in de liefde. Terwijl geliefden samen een leven opbouwen, gaan ze een stilzwijgende afspraak aan dat ze het niet hebben over de diepste waarheid, over hoe de verhoudingen liggen, wie welke rol op zich neemt, wie meer van wie houdt dan andersom, wat altijd het geval is, en welke voorwaarden er aan de relatie ten grondslag liggen. Het deel van het contract dat niet beschreven is, maar onderling begrepen wordt, blijft onbesproken. Stelletjes vrijen, maken grapjes, verdelen taken, gaan op bezoek bij vrienden, omhelzen elkaar, maken wandelingen. Voor wat daaronder verborgen ligt, of, liever gezegd, wat dat ontstijgt, deinzen ze terug. Zo kun je jaren voortgaan met verhullen en overstemmen tot het verdwenen lijkt. Maar altijd, diep vanbinnen, is er een innerlijk weten dat zich door je gedachten, handelingen en dromen heen vlecht.

Geliefden weten dat ze niet meer terug kunnen als ze die diepste waarheid eenmaal onthullen. Ze voelen aan dat de onzichtbare voorwaarden de reden zijn dat de relatie werkt, dat het loopt, maar dat deze tegelijkertijd de ondergang ervan kunnen betekenen. Wat mensen nodig hebben, verandert namelijk. Als de kern hardop wordt uitgesproken, kan het zomaar duidelijk worden dat het niet meer opgaat. Dat het tijd is om uit elkaar te gaan, om nieuwe verbindingen aan te gaan met nieuwe mensen, nieuwe voorwaarden en nieuwe behoeften. En nieuwe rollen om te vervullen.'

Egbert keek even opzij. 'Jij bent anders, Thomas. Jij bent vrijgezel. Misschien is dat wel de reden dat je vrijgezel bent.'

'Waarom? Omdat ik alles altijd uitspreek?'

Egbert schudde zijn hoofd. 'Omdat je aanvoelt wat de kwintessens is, de kern van de zaak. Omdat je niet tegen jezelf liegt en dus ook niet tegen anderen.'

Ik vroeg me af of dat waar was.

'Hoe dan ook, als het doek gevallen is en je gaat terugkijken, hoef je jezelf niets meer wijs te maken. Het doet er niet meer toe. Er valt niets meer te redden, toe te dekken, in stand te houden. Alles is transparanter, begrijpelijker. Ik was niet degene die Judith kon openen, haar kon ontsluiten, haar kon helen, zoals ik altijd had gehoopt. Ik was haar middel om te overleven, om veilig gesloten te blijven. En ik hield meer van haar dan zij van mij.'

Met een plotselinge felheid vervolgde hij: 'Maar ze *heeft* van me gehouden, hoor je? Ze hield van me.'

'Ik geloof je,' zei ik.

'Lichamelijke lusten, Thomas, die betekenen niets. Een slippertje, een overspelige flirt had ik kunnen verdragen, vergeven zelfs. Ikzelf heb wat dat betreft ook geen cirkeltje boven mijn hoofd. Nee, het versmelten van geesten, dat is wat ik zag gebeuren. Twee zielen die in elkaar grepen, zich aan elkaar vastklampten, tot hun eigen verbazing.'

Hij keek me indringend aan.

'Ze was nooit met je vreemdgegaan, beste kerel. Het praktische vervolg van wat jullie zijn aangegaan, zou nooit hebben plaatsgevonden, hoe oud ze ook was geworden, om de simpele reden dat dat niet in haar morele systeem paste. Bovendien was het voor Judith waarschijnlijk al genoeg om die vrijpartij in haar verbeelding uit te werken. De suggestie ervan, het beiden willen en dat van elkaar weten, voldeed. Voor haar was dat op een bepaalde manier echter, zuiverder dan wat in de werkelijkheid had kunnen plaatsvinden. En misschien heeft ze daar nog gelijk in ook. Seks vergeet je op den duur, zelfs hele goede seks. Het gevoel dat de ander in jou losmaakt, dát is wat beklijft. Dát blijft bij je en kan op de meest onverwachte momenten oplaaien, tot jaren later.'

Ik bromde instemmend.

'Je bent niets mislopen, Thomas. Er lag niets meer

voor je in het verschiet, hoe veel geduld je ook had geoefend en hoe veel overredingskracht je ook had gebruikt. Je had haar namelijk al.'

Bij die laatste woorden keek ik verrast op.

'Je hebt niet veel wapenfeiten om op tafel te gooien, dat geef ik toe, maar de waarheid is dat ze zich meer met jou verbonden heeft dan met mij. Ze heeft mij toegelaten voor zover ze dat kon, haar ziel heeft zich tot het uiterste naar me uitgestrekt. Dat wéét ik, dat heb ik gevoeld. Bij jou was het er al, ze hoefde er geen moeite voor te doen.

Niemand weet waarom de ene mens zich met de ander verbindt – niet slechts om de eenzaamheid mee te verdrijven, bedoel ik, maar vanuit een diepere, meer wezenlijke aantrekkingskracht. Dat is iets wonderlijks, raadselachtigs. Iets goddelijks, zo je wilt. Zoiets gebeurt eenmaal in een mensenleven, als je geluk hebt tweemaal, maar vaker nog helemaal nooit. Het is een plicht, niets minder dan een opdracht, daaraan gehoor te geven. Ik deed dat door bij Judith te zijn. Judith deed dat door jou toe te laten.

Ik neem je niets kwalijk, daar komt het op neer. Een bezet hart kun je niet stelen.'

Hij sprak deze laatste woorden langzaam, dromerig uit en zweeg met een nadruk alsof hij nog honderd jaar zou blijven zwijgen.

Toen zei hij met plotselinge helderheid, alsof hij er zelf ook niet meer op gerekend had: 'We willen allemaal iemand vinden die het waard is om voor te leven en voor te sterven.'

Hij stond op van zijn kruk en reikte naar zijn jas. 'De rest is tijdverdrijf.'

14

Het begint al te schemeren. Het wordt tijd dat ik eens opstap, het duurt niet lang meer voor de dag aanbreekt.

Het idee dat ik in essentie uit geestkracht besta, komt me absurd voor. Alleen het idee dat ik louter uit week vlees en broze botten zou bestaan, is absurder.

Die god van jou... dat weet ik zo net nog niet. Maar het wezenlijke, dat wat echt van belang is, blijft bestaan. Daar kan ik na alles wat ik heb meegemaakt niet meer omheen. Zo hang ik ergens tussen een ketter en een mysticus in.

Een gelovige zal ik nooit worden.

Slaap je? Net nu ik mijn nieuwverworven metafysische inzicht aan je opbiecht? Natuurlijk slaap je.

Ik zal geld neerleggen op het kastje bij de deur; alles wat ik je voor deze hele nacht verschuldigd ben, en meer.

Ik zal de deur zachtjes achter me sluiten, naar buiten stappen terwijl ik onwillekeurig kijk of er geen bekenden zijn die mij dit pand zien verlaten. Ik zal langs de grachten naar huis lopen, de stad zien ontwaken. Ik zal vaders en moeders met hun bakfietsen hun kinderen naar de crèche zien brengen. De eerste trams horen rinkelen.

Dan zal ik in bed gaan liggen, wachtend op een teken van haar, een zucht, een streling, een trilling in de lucht, het kleinste bewijs dat ze bij me is. Als dat alles uitblijft, zal ik me haar voorstellen zoals ze naast me stond in de schouwburg, met dat flauwe lachje, zoals ze me na een repetitie fel en uitgesproken terechtwees als ik in haar ogen misplaatste kritiek had gehad, zoals ze zich door me liet kussen in het trappenhuis, zoals haar ernstige, lieve gezicht kon openbreken in een lach.

Je kunt maar eenmaal in je leven zo diep door iemand geraakt worden. Het wordt een punt waaraan je al het andere zult linken, waartegen je al het andere zult afzetten, van waaruit alles verklaard kan worden. Wij worden erdoor bepaald, hoe we ons verhouden tegenover de dingen. Het is als het eerste akkoord dat de toon zet van een muziekstuk.

Het verleden bepaalt het heden. In onze gedachten keren we steeds weer terug naar maar een paar gebeurtenissen. We denken dat we van alles beleven, maar in feite herbeleven we alleen maar. We horen de echo. Alles grijpt in elkaar, herhaalt zichzelf. De tijd beweegt in cirkels.

In elke vrouw die ik bemin zal ik haar zien. Stukjes van haar.

Nu weet je alles. Alles wat geweest is en wat had kunnen zijn.

Elke romantische liefdesgeschiedenis heeft een natuurlijke lengte. Er zijn korte verhalen, novellen, romans. Omnibussen. De liefdesgeschiedenis van Judith en mij was kort. Het was een gedicht. Een strofe van een gedicht, zelfs. En toch was het daarom niet minder waarachtig. Niet de duur of de vorm, maar de intensiteit ervan telt.

Er *was* een wij.